◆本書に登場する3年B組生徒（上段：配役名）

下田　江里子
（須堯　麻衣）

木村　美紀
（森田　このみ）

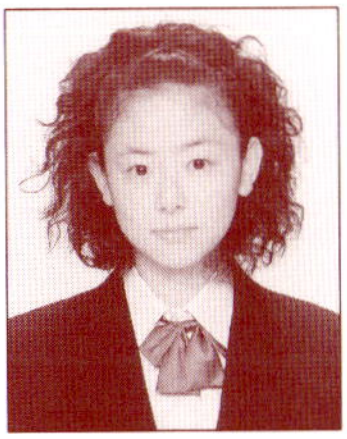
笠井　美由紀
（高松　いく）

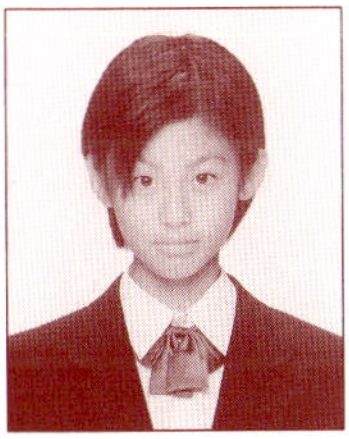
青沼　美保
（本仮屋　ユイカ）

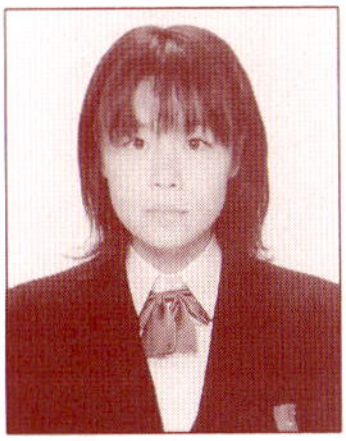
榛葉　里佳
（住吉　玲奈）

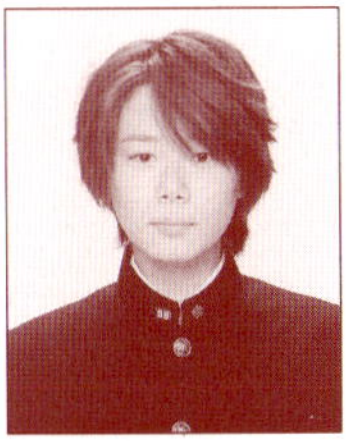
小堀　健介
（佐藤　貴広）

風見　陽子
（中分　舞）

赤嶺　繭子
（佐藤　めぐみ）

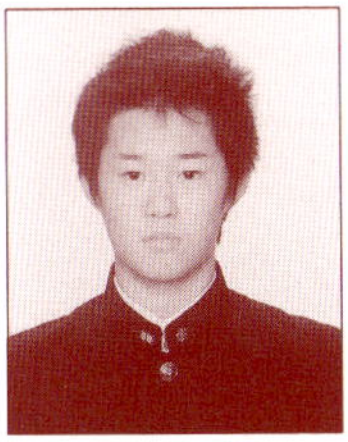
菅　俊大
（途中　慎吾）

近藤　悦史
（杉田　光）

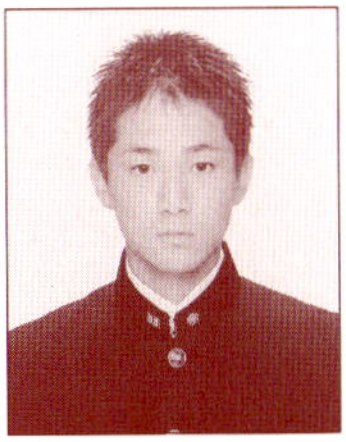
嘉代　正臣
（佐々木　和徳）

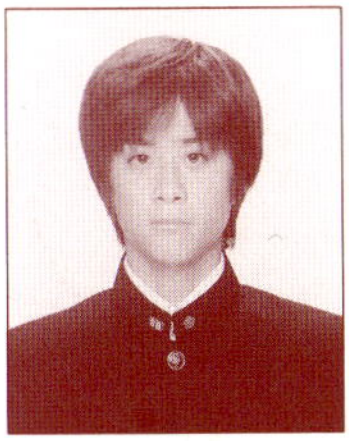
今井　儀
（斉藤　祥太）

鶴本　直
（上戸　彩）

笹岡　あかね
（平　愛梨）

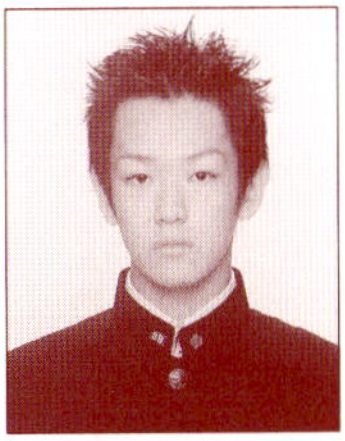
北村　充宏
（川嶋　義一）

江藤　直美
（鈴田　林沙）

3年B組金八先生

荒野に立つ虹

小山内美江子

高文研

◆本書に登場する3年B組生徒（上段：配役名）

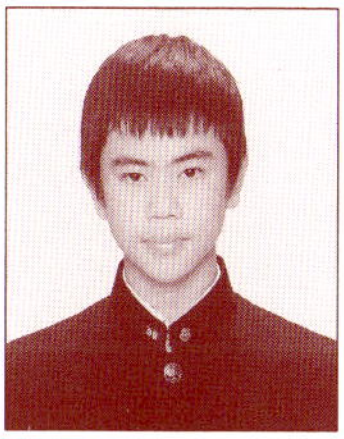

山田　哲郎
（太田　佑一）

前多　平八郎
（田中　琢磨）

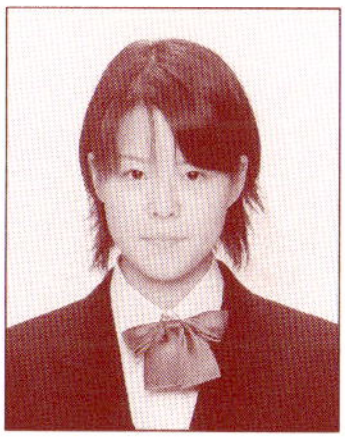

長谷川　奈美
（中村　友美）

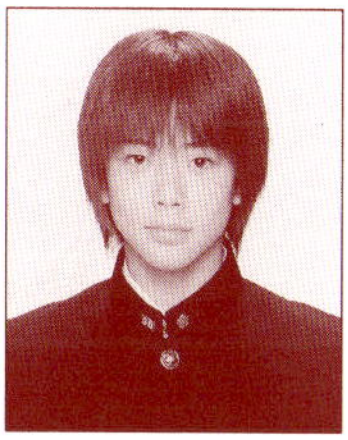

長澤　一寿
（増田　貴久）

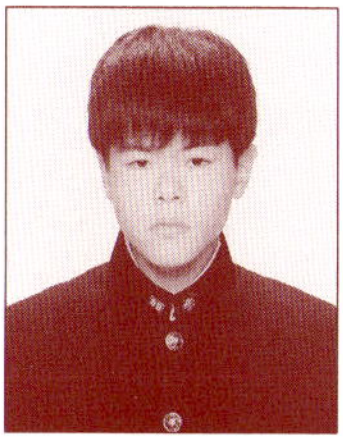

山本　健富
（高橋　竜大）

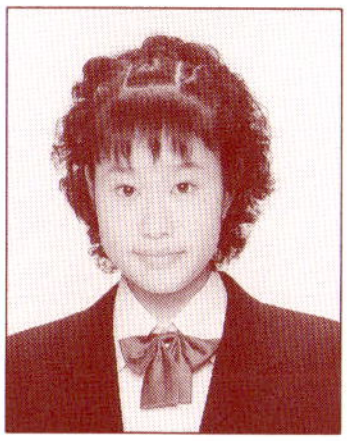

森田　香織
（松本　真衣香）

馬場　恭子
（金沢　美波）

成迫　政則
（東新　良和）

安原　弘城
（竹沢　正希）

星野　雪絵
（花田　亜由美）

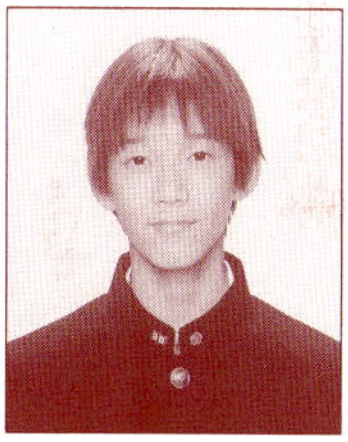

信太　宏文
（辻本　祐樹）

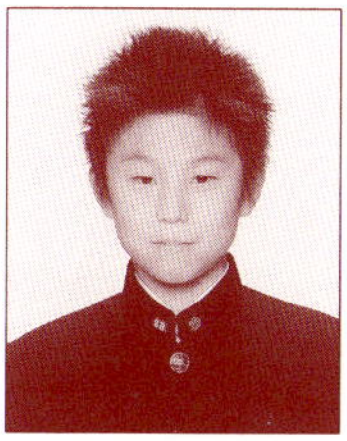

山越　崇行
（中尾　明慶）

本田　奈津美
（谷口　響子）

長谷川　賢
（加藤　成亮）

破壊された街《まち》、ひろがる瓦礫《がれき》の原。
いつのまにか見慣れてしまった光景。
「国家」「人類」はいつまで、こんな
恐ろしくも愚かな行為をくりかえすのか。

人の心にも、瓦礫《がれき》の原はひろがる。
欺瞞《ぎまん》、独善《どくぜん》、高慢《こうまん》、貪欲《どんよく》、冷酷《れいこく》、残忍《ざんにん》……。
そしてまた、無気力、無関心、枯渇《こかつ》した想像力。
現実の瓦礫《がれき》の原は、この人の心の荒廃《こうはい》が生み出す。

でも――絶望はすまい。
瓦礫《がれき》の原にも、人々は日々を生き、
その人々とともに希望の種《たね》を蒔《ま》く人々がいる。
そして時に、瓦礫《がれき》の荒野《こうや》にも七色《なないろ》の虹は立つ。

もくじ

I　ディベート

３Ｂの最後の授業参観は「報道と人権」をめぐるディベートだった。週刊誌のでたらめな記事に対し団結して政則を守った３Ｂたちの討論は必然的に白熱する。

土手の並木の桜のつぼみが水をふくみ、春先《さき》の強い風が校庭の砂塵《さじん》を勢いよく巻きあげてゆく。

それぞれの進路が決まり、桜中学の門を出るまで、あと数歩というころになって、三Bはようやく花が咲き始めた。政則《まさのり》や直《なお》の秘密を隠す盾《たて》となってやろうとしていた金八先生は、真実を知らない方がいいというのならば、自分たち三Bはやはり上《うわ》べだけの関係に終わるのではないかと言った賢《けん》のまなざしの前にたじろいだ。思わぬ形で秘密があばかれてしまった今、金八先生はやはりまっすぐに突き進むしか道はないという気がしている。

桜中学に赴任《ふにん》したてのころの若い金八先生だったら、あるいはもっと早く自分の手で秘密の封印《ふういん》を解《と》いていたかもしれない。が、あれからすでに二十二年。いろいろと苦《にが》い経験をへてきた金八先生は、どうしても慎重になった。重すぎる真実を不用意にさらけだした後、自分の手のとどかないところで、政則や直が陰惨《いんさん》ないじめのターゲットにならないともかぎらない。

しかし、実際の三Bには、担任の金八先生が思っている以上に大きな力が秘められていたらしい。大きな賭《か》けではあったがすべてを告白した後、口数少なく、級友の視線を避けていた政則の顔に、少年らしい生き生きした表情が戻ってきた。今までほとんど見たことのなかった政則の笑顔を見て、金八先生の迷いは消えていった。政則のことが発端《ほったん》で直と充宏《みつひろ》が血みどろのけんかをしてから、誰《だれ》もからかい半分に政則のことを口にするものはいない。真実を知った今、三Bの全員が彼の味方だった。

三Bだけではない、桜中学内外の多くの人が政則を支援していた。先制攻撃の意味でマスコミに対策のガイドラインを提示すると、すぐに記者たちが桜中学の周辺にやってきたが、どこへ行くにも三Bの仲間が政則の周囲をかたくガードして、政則にマイクをつきつけさせなかった。校門には貼《は》り紙がはられ、国井教頭や桜中学の教師たち、PTAの父母、大森巡査らも協力して校門周辺に立ち、政則を守った。ただひとり、千田校長だけが知らぬふりを決めこんでいた。そして金八先生らもまた、校長の不機嫌《きげん》は目に入らぬふりで、ガイドラインやホームページ作りなど、夜遅くまで共同作業をすすめたのだった。

追われるようにして桜中学へやってきた政則の心の中に、かたく結晶していた人間への不信感と脅《おび》えを溶《と》かしていったのは、新しい友だちの存在だ。金八先生や池内先生だけではどうにもならなかったことが、同年代の彼らにはできた。もう隠れることはしないと決めた以上、政則の行く手には困難が待っているだろう。〝人殺しの息子〟という烙印《らくいん》は生涯ついてまわる。けれど、信じられる仲間の存在が、立ちふさがる障害をのりこえる力を政則に与えるに違いない。

政則は、みんなの励ましを受けて、遅ればせながら都立の二次試験のために猛勉強していた。三Bの中でも成績のよい者が交替《こうたい》で、池内家の政則の机の横にすわって勉強を手伝っている。哲郎は、勉強を手伝うわけではないが、応援の気持ちをこめて、ぴったりと政則のそばから離れず、かいがいしく鉛筆を削《けず》ったりしていた。都立緑山高校の二次試験まであといくらもない。

みんなはまた、裁判費用のカンパ、署名運動にも走り回っていた。学校からのマスコミへの協力依頼が効《こう》を奏《そう》したのか、ひとしきりすると取材も一段落して、学校の近辺も静かになった。裁判の手続きをひきうけた父親の清史《きよふみ》に、賢《けん》は心配してしきりとせっついた。原告の政則が未成年ということもあり、後見人《こうけんにん》の手続きやらなにやらで、裁判ははじめから長期戦を思わせた。それでも、犯罪報道の被害者救済が問題になってきている今、タイミングとしては絶好だという清史の言葉を信じて、三Bたちの心は早くも勝訴《しょうそ》に向けて一致団結している。

頭を高くあげて歩き始めた政則を見ながら、金八先生はほっとすると同時に、直《なお》をこのまま排除したような形で卒業式を迎えはしないと、かたく決心していた。直の告白の衝撃は三Bの生徒たちや居合わせた教師の胸につきささり、直の割った教室の窓ガラスはすぐにもと通りにされ、充宏の顔の痣《あざ》が消えかかっても、決して薄れることはなかった。と同時に、政則の問題と違って直の告白は、何か消化することのできない異物《いぶつ》として、それぞれの胸に石のようにつかえているのだった。

金八先生は、本田先生の協力を得て性同一性障害《せいどういつせいしょうがい》について学習する一方で、直の家を何度もたずねた。が、直は顔を見せようとはしない。母親の話では、部屋にこもって必死にオランダ語を独学しているという。直はカムアウトしたと同時に、今まで以上にかたく殻《から》を閉ざした。金八先生は、もしかして同じ三Bの仲間ならば、直のはりめぐらせた垣根を越えることができるかもしれない、と学級委員の美保《みほ》と健介《けんすけ》に頼んで、直を訪ねてもらった。二人はよくわからないながらも、直の問題を重いものととらえ、大役をひきうけた。

二人が最後に見た直は、鼻血と涙で顔を汚し、暗く燃えるような瞳《ひとみ》をしていた。豪奢《ごうしゃ》なマンションのリビングに通され、気おくれしながら外国製のソファーの上にすわっている二人の前に現れた直は、グレーのスウェットの上下を身につけ、無表情だった。署名運動に使っている紙を出し、政則の裁判を支援することになったこと、賢《けん》の父親が協力してくれることを報告すると、直は低い声でひとこと、よかったね、と言った。今まで以上に、直の体を見えない孤独の膜《まく》が包み、すぐ手の届く場所にいるのに、何か近寄りがたい感じがする。しばらくの沈黙の後、美保が思い切って口をひらいた。

「だから、次は直の番だと私は思う」

「私の？」

直が伏せていた目をあげた。飾りけのない、まっすぐにぶつける少年のまなざし。けれど、その瞳はつやのある長い睫毛《まつげ》にふちどられ、そっけない言葉を吐く珊瑚《さんご》の唇《くちびる》は健介がどきっとするほど愛くるしかった。

「だ、だって、わかんないじゃないか。突然、私は男だ、と言われたって。ううん、もちろん、僕たちはわかろうとしてるんだよ。けど、あれだけの殴《なぐ》り合いがあって、そのまま学校へ出てこないというのはだめだよ」

「私たちショックだった。けど、それ以上に直はたいへんな思いをしていたんだなということがわかった」

直は意外なものを見るように、二人のクラスメートを黙って観察していた。美保はいつもの一生懸命さで、熱っぽく言った。

「政則がね、もうどこにも行かない、桜中学を卒業したいと言ってくれたの。だから、私は、直も桜中学の卒業生になってもらいたいんだ」

「今日は、二人は三Bの代表として来たんだけど、正直言って、こうやって直の前にいるのに、僕はまだ直が男の子なのか、女の子なのか、どういうふうにしゃべっていいのか困っている」

健介の正直さがよけいに鋭く突き刺さり、直は唇《くちびる》をかんで顔を伏せた。心を閉《と》ざそうとする直に、美保が身を乗り出すようにして語りかける。

「私は、あの時の直、すごい勇気だったと思う。だから、私も勇気をふりしぼって話してるの。お願い、学校に出てきて。そして政則を守る仲間にもなってよ」

無言の直を眺めていた健介は、突然口調を変えて、ぎこちなく迫った。

「よう、おまえ、男なんだろ。男なら女みたいにグジグジすんな！」

「差別！　女はグジグジしているもんだと決めつけないでよ」

直よりも早く美保の方が激しく反応して、健介はため息をついた。

「アホ。せっかく直を一生懸命誘《さそ》ってるのに」

「そのために、男だ女だという必要はないっ。まず、人間なんだもの。いろんな人がいるんだってこと、もっと知らなきゃ、世界平和なんて言えない」

「飛躍すんなってば……」

美保と健介がやりあう様子《ようす》を、直はじっと見守っていた。どこにいてもよそ者としか感じたことのない自分について、ほとんど言葉を交わしたこともない二人が、仲間として懸命になっているのが不思議な感じだった。

肩を落として立ち上がる二人を玄関で見送り、直は自分の部屋に戻ると、ふとベランダへ出た。眼下《がんか》に流れる荒川が、春の陽射《ひざ》しにきらきらと光っている。マンションのエントランスから出てくる美保と健介の小さな頭が見え、直ははっとした。建物に沿った通路の屋根の下からばらばらと制服の群れが、二人を取り囲《かこ》むかのように駆け寄ったからだ。ねぎらうように健介の肩に手をかけたのは、金八先生だ。その横に、賢《けん》の姿もある。突然、賢が直の住む窓の方を見た。目と目があったような気がして、直はとっさに身を壁によせた。

代表の二人を応援するかのように、三Bたちは直のマンションまでぞろぞろとついて来ていたのだ。

夕暮れの川沿いの道を遠のいていく級友たちの後ろ姿を、直はいつまでも見つめていた。

桜中学における最後の授業参観では、毎年テーマを決めてのディベートが恒例《こうれい》だ。今年の三Bの議題は自然と政則の問題に関連したものとなり、『報道被害と人権――その対策と中学生』ということに決まった。十五歳には荷の重いテーマかと思われたが、支援運動の当事者となった三Bたちの意欲をかって、金八先生はゴーサインを出した。

国語の授業では、ディベートにそなえ、大きな声を出す訓練と称《しょう》して、生徒たちは思い思いに選んだ日本語の文章の暗唱《あんしょう》をしていた。詩や小説、落語、古典などから抜粋《ばっすい》で、内容はさまざまだったが、気に入った文とあって、ふだんの授業の時とはうってかわって思い入れたっぷりに高らかに暗唱する声がここ数日、三Bの教室に響いていた。その出典《しゅってん》である『声に出して読みたい日本語』という本を、金八先生はすでに直《なお》の家に届けていたが、そうとは知らず、直美《なおみ》と美紀《みき》もその本をたずさえて、直のマンションを訪ねた。優しさゆえに正義感も強い直に、直美は変わらぬ初恋のような憧《あこが》れを抱いている。美紀は父親の自殺未遂《みすい》事件をきっかけに直美と和解して、はじめて直美の見つめる直の一面に気づいた。だからこそ、あの事件の折、嫌《きら》っていたはずの直と充宏《みつひろ》の間に、とっさにわが身を投げ出したのだった。

直の母の成美《なるみ》は、孤立していると思っていた直のところへ、またも級友が連れだってたずねてきたのを見て驚き、礼を言った。けれど、直は部屋を出て来ようとはしない。落胆《らくたん》を隠せない直美の隣りで、美紀は思わず成美をかきくどいていた。

「来週は成迫《なるさこ》君の裁判について勉強会があるんです。政則のことで一番怒ったのは直だし、それで三Bも大きく揺さぶられたって感じなので、ぜひ直さんにも来てもらいんです」

玄関での会話を聞いていたのか、不意に直の部屋から朗読《ろうどく》の声が聞こえてきた。

僕の前に道はない
僕の後ろに道は出来る
ああ、自然よ、父よ
僕を一人立ちさせた広大な父よ
僕から目を離さないで守る事をせよ
常に父の気魄《きはく》を僕に充《み》たせよ
この遠い道程《どうてい》のために、この遠い道程のために三Ｂが高らかに朗読している本の中の高村光太郎の詩だった。低く、決意をこめた直の声で読まれると、直美と美紀はまるではじめて聞くような新鮮な感じを覚《おぼ》えた。二人は、玄関に立ちつくしたまま、じっと直の声に耳を傾けていた。

だが、ディベートの当日、やはり三Ｂに直の姿はなかった。賢《けん》の父親の清史《きよふみ》や、政則の保護者の池内先生をはじめとする保護者たち、空《あ》き時間の教師、それにＰＴＡ会長の菅《すが》や地域の町会長、和田教育長なども足を運び、三Ｂの教室はいっぱいになった。教壇に議長の美保と健介《けんすけ》と金八先生が立っている。

「さあ、今年のディベートはどんなのがとび出すか、楽しみだねえ」

町会長はわくわくしていた。実際に政則の支援にかかわった地域の人々にとっても、今回の議題は興味深いものになるはずだ。校長の姿が見えないという和田教育長に、国井教頭は笑顔で答えた。

「はい、校長はお風邪《かぜ》で欠席でして、ほんとに残念でたまりません」

今回、〝ディベート〟に時間を費《つい》やすこと自体に反対する千田校長を、国井教頭や古参《こさん》の教師たちは、前から決まっていたことだからといって、やんわりと押し切ったのだった。押し切られた方の校長はむしゃくしゃした気持ちをかかえたまま、その後ディベートの話題はいっさい無視した。最近では金八先生が何か口を開こうとすると、卒業証書を書くのが忙しいとの理由で、ヤドカリのように校長室に閉《と》じこもる。卒業証書を前にして、校長は開栄《かいえい》に合格した陽子の名前は、祝福をこめて念入りに書き、政則の証書になると、その名前を墨《すみ》で塗《ぬ》りつぶしてしまいたい衝動《しょうどう》にかられるのだった。三年生が種《たね》から育てたケナフで作ったという紙もすべりが悪く、よけいに校長の苛立《いらだ》ちをかきたてた。三年生最後のディベートや、それぞれの教師が工夫をこらした〝教師のやりたかった授業〟、ケナフ実習、朝の十分間読書、それに政則の支援活動等々、金八先生たちはそのつど、新校長と正面からぶつかり、智恵をしぼってなんとか押し通してきた。その楽屋裏《がくやうら》での激しい対立は生徒や保護者には見えていない。

三Bの教室は軽い興奮《こうふん》につつまれ、今日のディベートも少々勇み足気味ながら、好調にすべりだした。議長の開会宣言があり、問題が明確になるまでは自由討論となると、まず元気のよい奈美《なみ》が口火を切った。

「ハイッ、問題の週刊誌、私も読んだけど、あんなデタラメなのはほうってはおけません」


「議長！　奈美に聞く。何をもってデタラメと言い切るんだ」

反対陣営の賢《けん》の発言に、奈美は負けじと言い返した。

「だって私たち、先週、政則の口から真相《しんそう》を聞いたじゃん。デタラメ記事でどんなに政則がひどい目に合ったか。だから今日のディベートになったんでしょっ」

「そうだよ、あることないこと書きたてやがって！」

議長の顔を見ることもなく、チューが加勢《かせい》する。

「ほんとにあることないことなのか。君たち、それを政則に確かめたのですか」

落ち着いた口調《くちょう》で賢がそう言い終えるのも待たず、奈津美《なつみ》が立ち上がりざま、くってかかるように叫んだ。

「面と向かって政則にそんなかわいそうなことできるわけないじゃん。私たち友だちでしょっ、三Bの仲間でしょっ、なのに賢は、政則の言ったことを疑ってるの？　信用してないの？　賢がそういう人だとは思わなかった！」

「ちょ、ちょっと待ってよ」

賢が、議長の健介《けんすけ》に目で助けを求める。健介は奈津美をなだめるようにおずおずと言った。

「あのね、ディベートは喧嘩《けんか》じゃないんだからさ、あんまり感情的にならないで」

「だって……」

奈津美はしぶしぶすわったが、政則の告白をきいて一緒に泣いた奈津美たちにとって、冷静でいるのはなかなか難しい。恭子《きようこ》が、助け舟を出すように方向転換をする。

「私は環境問題からとらえてみたいと思います」

参観者席から、感心の吐息《といき》がもれた。

「紙をじゃんじゃん使うと、地球上から木がなくなって、異常気象になったり、二酸化炭素が増えてみんな病気になっちゃうし、資源のムダだから、こういうきったない週刊誌はいらないです」

「けど、お前、こういうのは再生紙なんだぜ」

隣りにいた一寿《かずとし》が思わず口をはさむと、香織《かおり》がキンキン声で怒鳴《どな》りつけた。

「あんた、どっちの味方なのよ！」

「そうだよ、こういうのは全部燃やしちまえばいいんだ！」

威勢だけはよいチューの援護《えんご》射撃に、反対陣営からも野次《やじ》が飛ぶ。

「それでダイオキシンが出たら、どうするんだ」

「そんなの、おれのせいじゃない！」

見かねたあかねが、すっと手をあげた。

「議長、そんな乱暴な提案では、表現の自由がおかされます」

「そうだ、表現の自由は憲法で認められてるんだぞ」

隣りの平八郎が大きくうなずいている。

「認められてても、あんな変なハダカの写真ばっかのは、私、絶対にイヤッ」

江里子《えりこ》が嫌悪《けんお》感もあらわに吐《は》き捨てると、次つぎに同調する女子の声があがり、たちまち白熱した言い合い合戦になった。

「そうよ、どうして男の人はああいうのが好きなのよ、スケベ！」

「私もイヤッ、スッポンポンでバーッと足を広げた格好を見て、私たちの体もあんな風に見られているかと思うと我慢できない！」

「そうだよ、女の人をバカにしている！」

フェミニストの正臣《まさおみ》が一緒に叫ぶのを、充宏《みつひろ》がしらけた目で見た。

「けど、買う奴がいるから売ってんだろ。それにあんな格好、する方もする方じゃん」

「でも、仕事なら仕方ないじゃん」

まじめに言った雪絵の言葉尻《じり》を、儀《ただし》が容赦《ようしゃ》なくとらえる。

「そんなら、おまえはそういう仕事でもやる気かよ」

「見ったくもねえよ、雪絵のそんな格好」

調子にのったスガッチが、そう言いながら、のけぞったポーズをとってみせると、雪絵の目がねの奥の小さな瞳《ひとみ》はたちまちうるみ、雪絵はがばと机に突っ伏《ぷ》してしまった。

「あーあ、泣かしちゃった！」

「セクハラ！」

「女性蔑視《べっし》！」

思わぬ展開に女子からは非難ごうごうだ。やりとりを面白がって見ていた参観者たちも顔を見合わせている。後味《あとあじ》の悪いけんかのようになってしまった雰囲気《ふんいき》を再び立て直したのは繭子《まゆこ》だ。

「でも、モデルの人にも理由があると思う。お金が必要だったり、有名になるためのステップと思ったり、だまされたり。でも、はっきりしているのは、女の人はこういう週刊誌は買いません。これは本屋さんで働いている遠藤先生に買い手の傾向《けいこう》を取材しました。

だから、男の人は女性の特性を商品として考えてるんじゃないのですか」

そう言いながら、繭子はいやらしい忌《い》むべき中年男性の代表でもあるかのように、教室の後ろに立っている町会長とＰＴＡ会長の顔をじろりと見た。

「ちょ、ちょっと待ちなさい」

うろたえて、真っ赤になった町会長を見て、それまで黙って見守っていた金八先生がさすがに口をはさんだ。

「そうですね、授業参観にいらしてくださった方のご意見、ご高評《こうひょう》はあとからうかがうことになっているので、議長は少し論点を整理できませんか」

「整理します。テーマは報道被害と人権なので、ゆき過ぎた興味本位のハダカ満載《まんさい》には、私も言いたいことといっぱいあるけど、少し話をもとに戻したいと思います」

美保が、慣れた調子で議事進行の舵《かじ》をしっかり握《にぎ》りなおすと、教室は再び静かになった。

悦史《えつし》が、落ち着いた態度で手をあげる。

「はい。表現の自由は僕たちに与えられた権利であるに違いはないけれど、書かれた事柄については、泣き寝入りは許されないと思います」

「そうだよ、政則、俺たちがついてるんだから泣き寝入りなんかさせないぞ！」

チューの言葉には、論理はさておき、とにかく自分は政則の味方でありたいという熱い思いがあふれている。政則はみなの一つひとつの意見がうれしく、しっかりとうなずきかえした。

「週刊ジャーナルの政則に対する記事は、明らかに売らんかな商業主義のデタラメだと思う。けれど、裁判は証拠主義だから、どの点がデタラメなのか一つひとつ立証《りっしょう》していかなければ、相手をとっちめることはできないんだ」

賢《けん》の生真面目《きまじめ》な発言は、政則の親友となった気の短い一寿《かずとし》には通用しない。

「そもそもあれが週刊ジャーナルなんてチャンチャラおかしいよ。週刊デタラメに名前を変えさせるべきだ」

そうだ、そうだという声とともに拍手が起こる。後ろの遠藤先生までが思わず手をたたいていた。

「おい、それこそ名誉毀損《きそん》というか、営業妨害《ぼうがい》で訴えられるかも」

平八郎が言うと、いつも無口で温和な弘城《ひろき》が、似つかわしくない激しさでさえぎった。

「そんなのこわがっていたら、戦いにならないっ」

金八先生とみんながびっくりしたように弘城を見て、一瞬の沈黙があった後、再び同調の声がわっとあがった。

「それに、どう戦うかだけれど、私、陽子と一緒に一つの突破口《とっぱこう》を調べました」

陽子と繭子《まゆこ》は、模造紙《もぞうし》にマジックで書かれた、名誉毀損《きそん》判決の一覧表を黒板にはりだした。数々《かずかず》の有名人の名前、一千万という額の大きさに素《す》っ頓狂《とんきょう》な声をあげるものもある。けれど、繭子が指したのは、一番下の個人名のない例だった。

「私、いちばんひどいと思うのは、裁判中に写真週刊誌がオールヌードを掲載《けいさい》したという名誉毀損《きそん》。表にあるのはみんな有名人で、ふつうの人はこの人くらいなの。この人は殺人容疑者《ようぎしゃ》ではあるけれど、その容疑とヌードの写真ってまったく関係ないはずでしょう」

繭子と同じく三Bたちの胸には、でたらめの中傷《ちゅうしょう》記事を書かれながら、耐えているしかなかったという政則の言葉がくっきりとしみこんでいる。その政則の悔《くや》しさに比べれば、有名人は弁明の場があるだけでもいいではないか。けれど、三Bたちのそんな気持ちを察した金八先生は、手をあげて補足《ほそく》した。

「有名人でもすこし前までは書かれるのは有名税とか言われてね、なかなかこんな判決は出なかったんだ。つまり」

「人権に対する意識が薄かった」

金八先生の言葉を、賢がひきとる。

「そうだね。相手の人権に対する配慮が欠けていた場合、こういうしっぺ返しがあって、自分も傷つくということでしょう」

「でも僕は、名誉毀損《きそん》の救済《きゅうさい》はお金の問題だけじゃないと思います」

「なんでだよ。どぎつく書けば書くほど、こういうのって売れるわけだろ。もうかりゃいいっていうやつさ。そんなやつらをギュッと言わせるためにも、賠償《ばいしょう》金はふんだくるべきだ」

賢の発言に、またもかっかしている一寿《かずとし》が対立した。二学期まではクラスのことは何に関しても無関心、女子のあいだで〝シラケ男〟と陰口《かげぐち》をたたかれていた一寿とは別人のようだ。

「そうだ！　バンバンやっつけろ！」

チューは叫びながら、ついでに机をバンバンたたいた。賢の陣営のあかねは、大きな目をみはって、首をかしげた。

「でも、その結果はどうなるの？　たとえば新聞。新聞の場合はただ売れればいいという性質のものではないと思う。新聞記者は大勢いるだろうし、記者さんも一生懸命取材して書くと思うけど、絶対に間違いがないとはいえないと思う」

「そのときはちゃんと謝《あやま》るべきさ。謝罪《しゃざい》広告っていうのもあるんだし。テレビだってそうだ」

悦史《えつし》の答えに、いったんは両陣営とも納得《なっとく》したように見えたが、賢は首を振った。

「でも、そればっかり気にしてたら、突っこんで書く人がいなくなるかもしれない。そっちの方が僕はこわいよ。国民には知る権利というのがあるのに、罰金《ばっきん》や罰則《ばっそく》みたいなのがこわくて、汚職や不正事件など本当に知っていなきゃならないことの代わりに、おざなりなニュースでごまかされたら、僕たちの将来はどうなるんだ」

金八先生は感嘆《かんたん》の目を、父親の清史《きよふみ》の方へすべらせた。家にいるときよりも大人《おとな》びて見える息子の姿を、清史は暖かいまなざしで見守っていた。十五歳とは思えないしっかりした意見に、PTA会長の菅《すが》は外野にいることも忘れて議論に割り込んできた。

「まあね。新聞てのはそんなやわなものじゃないと思うけど、テレビの影響も大きいからね。ご馳走《ちそう》番組やバラエティーばっか増えて、ニュース番組がなくなっちまったら心配だよ」

陽子や繭子もうなずいている。それぞれの胸にある程度テーマが深められたことを見てとると、金八先生は時計を気にして、健介をうながした。

「はい、だいたい両者の言い分が出てきたと思います。結論と言っても結論出すのはむずかしいけれど、議長は話をまとめにかかってください」

進行役として、発言をひかえていた健介が、遠慮がちに意見を言う。

「あのう、これは言論および表現の自由と、権利とのかねあいだと思います。その中で、いかに報道被害をなくしていくかが問題だと思います。それも、政則を含めて僕たち有名人でもない弱い立場の人に対しての……」

やはり今まで黙っていた信太《のぶた》がふらりと立ち上がった。

「わいな、よくわからへんけど、表現の自由てのがあるのなら、デタラメでもなんでも書きたい奴は好きに書かしたらええのんとちゃうやろか」

「アホ、ぬかせ！」

とたんに儀《ただし》の激しい野次《やじ》がとぶ。けれど、信太は思案顔《しあんがお》のまま続けた。

「ううん、そのかわり、わてらにはそういうもんを買う買わないの自由があるわけや」

「そうだ！」

潔癖《けっぺき》な平八郎が、力強く呼応《こおう》する。

「どないな商売でも売れなきゃつぶれる。デタラメ週刊誌がいちばんこわいのはそれやないやろか、な、おっちゃん」

そう言って、信太はすぐ近くに立っている町会長をふりむいた。

「な、なんでおれに言うんだ、こら。裸の写真なんかめったに買ったことないんだぞ」

「じゃ、ときどきはお買いになるんですの？」

隣りの池内先生が冗談《じょうだん》で言うと、非難めいた生徒らのまなざしが集中して、町会長はあわてふためき、その様子《ようす》に笑い声が起こった。金八先生も笑いながら、二人の議長を席につかせた。

「はい、ご苦労さんでした。すこしあやしいけれど、信太の発言でみんなの報道被害防止の輪郭《りんかく》が決まってきたのではないかな。まあ、いつもはいくらうるさいと言ってもしゃべくりまわっているくせに、大事なことと言ったらまったく要領を得ない三B諸君のディベートが、少々難しい問題だけに、どうなるのかと心配しましたけど、みんな実によく発言してくれました。ほんとにうれしいですね」

ほめ言葉に緊張がとけたのか、とたんにわきあがる歓声を金八先生は身振りでおさえた。

「あまり話さない人もいましたが、みんな今日の討論の意味はわかってくれたと思います。賢が言ったように、私たちの国には表現の自由が憲法によって保障されています。だからと言って、何を言ってもいいということではありません。図に乗って度を越せば、公《おおやけ》の監視機関ができていちいちチェックされるようになるかもしれない。だから今、メディアはそんな介入《かいにゅう》が起きないようにと協議を重ねています。相手の人権を守ることと言論の自由は、本来一つのものです。憲法を守るということは、ひとことで言えば民主主義を守るということです。建設的な意見はどんどん発言していきましょう。その中できみたちも育ち、この国ももっと育っていくということです」

どの瞳《ひとみ》も、真摯《しんし》な色合いをたたえて輝いていた。

「和田教育長、長い時間ありがとうございました」

金八先生が後ろに立つ参観者の方へ目をうつすと、教育長は微笑でうなずきかえした。

「いやいや、なかなか見事でしたよ。私は感動しました」

「ありがとうございます。町会長さん、PTA会長さん、ご発言もいただき、ありがとうございました」

「いやあ、私はハダカ雑誌のファンみたいに思われたら、はなはだ心外なんだけどね」

町会長はまだ気にしている様子《ようす》で、頭をかいた。

「それから長谷川賢君のお父さん、いろいろとご指導いただきましてありがとうございました」

目礼《もくれい》を返す清史《きよふみ》に、三B一同も神妙《しんみよう》に頭をさげていた。

「それから保護者の皆さん、ありがとうございました。お家《うち》でお子さんとまた今日のことをゆっくり話し合ってください」

池内先生は政則の十五歳の仲間たちを心強く眺めた。

「坂本先生、ほんとうにありがとうございました。ね、政則くん」

「ありがとう。こんなに大勢の味方がいるんだもの。裁判、長くかかるそうだけど、僕は最後までがんばります」

政則は立ち上がり、一同に向かって深々《ふかぶか》と頭をさげ、しっかりと誓った。

ディベートは成功に終わり、皆が帰った後、金八先生と国井教頭、和田教育長、池内先生、清史、町会長とPTA会長らは校長不在の校長室へうつって、成果を語り合った。教育長は、校長在職時に成迫《なるさこ》政則の受け入れを決定した本人であるだけに、政則の立ち直りを心から喜んでいた。そこへ、本田先生が、賢の父親に話があると言って来た。

「教育長さんもいらっしゃるので、お願いというか、ご相談と申しましょうか」

本田先生の深刻な表情を見てとって、池内先生や町会長らが気をきかせて帰っていくと、本田先生は、あらためて教育長に向き直って切り出した。

「このまえの鶴本さんの武勇伝があちこちにもれたみたいで、実はさきほど、第二小学校の先生と六年生の母親から、ぜひ本校でも検討《けんとう》してほしいと頼まれたんです。今度入学してくる女子の制服に、スカートとズボンの両方を認めてもらえないかって」

金八先生の顔色がさっと真剣になった。

「海《かい》パンでプールに入った女の子の話がありましたでしょ。その子、どうしてもスカートはいやだと言い張るけれど、私服ＯＫの私立には経済的にも学力的にも余裕がないと言われて……まだはっきりと性同一性障害と診断されたわけではないけれど、そういう女子中学生にとって制服は死ぬほど苦痛なんだということ、今回のことでよくわかりました。なんとかお考えいただけないでしょうか」

「そう……そういう子って鶴本だけじゃないのねえ」

国井教頭がつぶやき、金八先生はすぐさま本田先生と一緒に教育長に頭をさげた。金八先生は、直に出会うまでよく知らなかったこのことが、勉強していくうちに、この障害をもつ人が意外と近くにもいて、そのほとんどが、自分を押し殺して、重苦しい青春を過ごしていることを知った。直の苦しみと同時に、まだ見ぬ多くの直たちの苦しみでもある。

「教育長さん、本校は教室内でのカーディガンを認めています。女子の制服は基本的にはスカートとしても、替《か》えのズボンを履《は》く履かないは、自由に選ばせるということにはなりませんでしょうか」

即答できずに難しい顔の和田教育長に、清史《きよふみ》も弁護士の立場から配慮を訴えた。

「そのことでしたら、私からもお願いします。私は今、性別適合手術を受けた人たちの戸籍《こせき》訂正訴訟《そしょう》にかかわっていますので、中学高校時代、制服でどれほど生きることに絶望したか聞かされています。たかが制服されど制服なのです。お考えくださいませんか」

「教育長！」

体面を重んじる千田校長からはひとこともなかったが、直が自らの声帯を金串《かなぐし》で傷つけたこと、教室での殴《なぐ》り合いのすえカミングアウトして、生徒たちが混乱したままであることを、和田教育長は国井教頭や金八先生からくわしく聞いていた。国井教頭、金八先生、本田先生、清史らに迫られた和田教育長は、目を閉じてしばらく考えていたが、やがて静かに言った。

「私個人の好みとしてはですね、あまり短すぎるミニを見ていると、冬場はお腹《なか》や腰が冷えて健康な母体が育《はぐく》まれないのではないかと心配しております」

それは、和田教育長流の承諾《しょうだく》ととれた。本田先生の顔にぱっと笑みがひろがった。

「一考《いっこう》の余地はあると思いますが、どうですか、教頭先生」

教育長は千田校長の空《から》っぽの机にちらと目をやってから、国井教頭の方を見た。政則のことでマスコミ対策のガイドラインをつくったときも、桜中学の教師らは無理解な千田校長をとびこえて教育長に直訴《じきそ》する形で、事をなしとげた。直のスカートが長すぎるといって激昂《げきこう》した千田校長が、女子の制服にズボンなど認めるはずはない。教育長の指示で実現できたとして、千田校長の意向に逆《さか》らった国井教頭の立場はいっそう苦しくなることは目に見えていた。けれど、国井教頭は意を決した様子で、長年、桜中学で戦いをともにしてきた金八先生に向き直った。

「坂本先生。成迫政則のことでは三Bはみごとに結束《けっそく》できたように思います。ですから鶴本直《なお》も三Bとして取り組んでください。みんなにあの生徒を受け入れられるかどうか、それによってはその新入生も替えズボン一つだけで全校生徒をごまかすわけにはいかないと思いますよ。三B最後の指導としてがんばってくれますか」

「はい、やらせてください。鶴本直は私の生徒です。ぜひともお願いします」

金八先生は国井教頭に答え、あらためて自分自身にもそう誓うのだった。

Ⅱ　昨日《イエスタディ》から明日《トゥモロウ》へ

総合学習「男女共同参画社会」で、金八先生は直を励まし、毅然として自らを語ることを求める。苦しい告白だったが、それは３Ｂたちの胸を鮮烈につらぬく。

生きることは学ぶことだと、生徒にも自分にも常々《つねづね》言い聞かせてきた金八先生であるが、教師生活も残すところ十年を切った今になって、直《なお》のような生徒に出会い、今回ばかりは自分の勉強不足をいやというほど思い知らされた。養護の本田先生にしてもそれは同じだ。知り合いの養護教諭から情報を集め、資料にあたっているうちに、本田先生は、すでに同じ教師仲間に「セクシャルマイノリティー教職員ネットワーク」という組織があることを知った。そこには実際に性同一性障害の当事者である高校教師もいて、生徒たちの前でカミングアウトしているという。本田先生が持ってきたニューズレターを見て、金八先生はあっと声をあげた。記事の署名は、金八先生の昔の同僚《どうりょう》の三上《みかみ》先生だったのだ。

二人はさっそく、今は都立ひかり高校の定時制で養護教諭をしている三上先生をたずねた。夕暮れのチャイムと同時に駆け込んでくる生徒たちは、服装も年齢もさまざまで、桜中学とはまるで違う雰囲気《ふんいき》である。保健室へやってきた生徒らは、友だちに対するような屈託《くったく》のない笑顔で三上先生に挨拶《あいさつ》していた。金八先生と本田先生は三上先生に案内されて、校内を見学してまわった。三上先生は二年の教室の前にくると、授業のはじまる前のひとときを楽しげに雑談している群れに向かって声をかけた。

「嵯峨《さが》さん」

それが、直とは反対のタイプ、つまり男性の体に女性の脳をもつという性同一性障害をかかえた生徒であると、前もって知らされてはいたものの、立ち上がってこちらにやってくる嵯峨健太郎を見て、金八先生と本田先生はどぎまぎしてしまった。

「先生、なあに?」

長身の健太郎はロングスカートをまとい、明るめの薄化粧《げしょう》をほどこしていた。耳には小さな石のピアスが光っている。

「この子が嵯峨健太郎です。こちらは、桜中学の坂本先生と本田先生」

「こんにちは」

三上先生に紹介された健太郎はにっこりと笑って挨拶した。何よりもその柔和《にゅうわ》な笑顔が、女性そのものであることを物語っていた。次つぎと教室へ入ってくる生徒たちが、健太郎に親《した》しげに声をかけていく。直のように身構えたところのない健太郎の様子を見て、金八先生は希望を抱いた。

金八先生と本田先生は借りた資料や本をかかえ、ひかり高校をあとにした。三上先生が、直と同じ障害を手術によって乗り越えたという、その本の著者や、健太郎のタイプの障害を持って生まれ、堂々とセクシュアルマイノリティーの人々の人権のためにたたかっている都立高校の教諭にもひきあわせてくれると約束してくれたことがありがたかった。それが、孤独な直《なお》にとって、どれだけ助けになるかわからない。春とはいえまだ冷たい夜の道を口数少なく急ぎながら、金八先生と本田先生は暗闇《くらやみ》の先にかすかな星のまたたきを見つけた思いだった。

ひかり高校で見た光景と国井教頭や同僚《どうりょう》の激励《げきれい》を胸に、金八先生は再び鶴本家のチャイムを鳴らした。成美《なるみ》がすまなさそうな顔で、会わないという直の言葉を告げるのもかまわず、金八先生は奥へ向かって大きな声で呼びかけた。

「直、話があるんだ。出てきてくれないか」

その呼びかけに案外あっさりと直は姿をあらわしたが、金八先生と目を合わそうとはしなかった。リビングのソファに向き合ってすわると、金八先生はさっそく高校の三次試験受験を持ちかけた。トラブルを起こすたびに、学校から追われるように転々としてきた直は、担任や三Bたちが、しきりとやって来るのが不思議な感じだった。直にとってのカミングアウトは、すなわち群れからの完全な決別を意味していた。直は、なかば諦《あきら》めとともに孤独を覚悟していた。後ろを振り返るまい、と直は思う。

金八先生の話に、直は無関心を装《よそお》って、足もとのカーペットの模様《もよう》を見つめていた。今の直にとっての唯一《ゆいいつ》の希望は、なるべく早くこの息苦しい日本を出て、自分の居場所を見つけることだ。母親の成美は少しは勝手のわかるアメリカならいざ知らず、何の足がかりもないオランダへ直をやる決心がつかないでいる。自分ひとりで直を守りきるつもりでいた成美は、自信をなくし、はじめて親身《しんみ》になってくれた他者である金八先生の言葉にすがる思いで耳を傾けた。

「ひかり高校の養護の三上先生は、私とは昔、同僚だったし、今はセクシャルマイノリティー教職員ネットワークのメンバーでいらっしゃるんだ」

高校の資料をひろげながら金八先生が言った言葉に反応して、直はちらっと金八先生を見やった。

「直が転校生としてはじめて本校の校長に会ったとき、校長に向かって女は女らしくと決めつけられたくない、なぜ白と黒に分けなければいけないのか、人ならグレーがあってもいいと言った言葉を、私は鮮烈に思い出しました。私はまだかじりかけですが、いろいろと勉強しました。グレーの人たちがいたのですね。マイノリティー、つまり少数派であるために理解されにくかった人々の問題に取り組んでいる教職員のネットワークがあって、生徒のことだけではなく、教師自身、当事者である人も入っているのです。そしてそれをささえる多数派の教師も参加している。そういう組織があるのです」

「ほんとにそういう方たちが……」

成美が驚いたようにつぶやいた。直は黙ったまま、けれど、その目は食い入るように金八先生を見つめている。

「はい、三上先生は現《げん》にそれを実践《じっせん》しています。グレーという言い方は本当は正しくはありません。けれど、自分は男なんだとカミングアウトした直さん、その反対の人、そのどちらにも属さない人、性指向により異性ではなく同性を愛の対象にする人、不思議というか、神秘というか、人間とは実に多様な存在なのですよ」

「先生……」

気丈な成美の瞳《ひとみ》からはらはらと涙がこぼれおちた。実の父親や祖母にも、また病院でも理解されなかった直の痛みを、成美だけは肌《はだ》で感じ、その原因を作ったかもしれない自分を責めていたのだった。熱心に説明する金八先生の目は、真剣で優しかった。

「そのすべてを認め、抱きしめている三上先生を慕《した》って、その高校には直のような生徒もいるのです。夜の都立定時制高校です。したがって生徒は、働いている者もあり、その仕事もさまざまだし、年齢もばらばらです。不登校だった者もいて、画一的《かくいっ》でないのがこの定時制の特色です。でも、そこへ逃げ込むのではなく、そこでこそ直の個性がのびのびと育つのではないかと、私は思いました」

「でも、都立ですと、もう二次の入試も終わっているのでは……」

無言の直を気にしながら、おずおずと成美がたずねると、金八先生は微笑して首をふった。

「いや、画一的ではないと申し上げました。三次も四次もあるんですよ。つまり、本当に勉強したいという者にはいつでも門戸を開いているのでしょう。どうかね、直」

直は相変わらず黙ったままだが、用心深く金八先生を見やった。

「一度、学校訪問をしてみないか。そしてゆっくり考えればいい。私もね、乳房をとって女性から男性になった人に会えることになったんだ」

とたんに直の瞳《ひとみ》の奥がひらめいた。

「私も……その人に会えますか」

「ああ、会えると思うよ。その人は、直がカウンセリングを受けている立石《たていし》先生ともお知り合いだ。三上先生が連絡をとってくださるから、しっかりとその人から話を聞いたらいい。その方はね、十四年前、性転換、今は性適合手術と言うのだけれど、まだ日本では法律で認められなかったから、たった一人でアメリカに渡って手術を受けたんだ。費用も、バイトで死にもの狂《ぐる》いで貯《た》めたんだそうだ。そして今、戸籍を訂正して本当の男性になるために裁判でがんばっている」

思わず身を乗り出している直の真剣な横顔を、成美は祈るように見守っている。

「ひかり高校は逃げはしないからさ、とにかくゆっくりと考えて。それでもオランダ留学をめざすというなら、それも直の選択だ。けど、政則は政則のしがらみを乗り越えた。自分から桜中学へ転校して来た本当の理由を、みんなの前で話し、みんなも自分たちの問題としてとらえてくれたんだよ。……私は、直も勇気を持って自分のことを話してほしいと思っている。いろいろな人がいるんだ。人の数だけ性はあるということ、そして生命誕生の不思議さをみんなが学ぶと同時に、マイノリティーの人をはじき出すのではなく、一緒に生きて行くのだという思いをきっと持ってくれると思うから」

力をこめて話す金八先生から目をそらし、直は唇《くちびる》を噛《か》んだ。充宏《みつひろ》の神経的な高笑い、賢《けん》の驚いた表情、訪ねてきた健介《けんすけ》の困ったような顔が脳裏《のうり》を横切っていった。

それから間もなく、直と成美は金八先生に連れられて、ひかり高校の門をくぐった。見学に訪れた直を、三上先生はあたたかい笑顔で迎えた。休み時間なのか、色とりどりの服装の生徒とすれちがううちに、直の身構えた表情もやわらいでいった。

仲間と冗談《じょうだん》をかわしながら軽い足取りで歩いてきた健太郎は、周囲に溶《と》け込んでまったく違和《いわ》感を感じさせなかった。じっと見つめる視線に気づき、健太郎はまっすぐ直を見返すと、次の瞬間ふっと微笑《ほほえ》んだ。直をスケッチしながら、いろいろと教えてくれたシゲルの穏やかな微笑が思い出され、思わず直も目で挨拶《あいさつ》を返していた。背後の金八先生と三上先生の姿を見て事情を了解した健太郎は、直に近づいてきて言った。

「私が案内しましょうか」

健太郎とその仲間について行く直を見送りながら、金八先生は自分が直にしてやれることについて考えていた。

それから二日後、金八先生が立石《たていし》先生のクリニックへ誘《さそ》ったとき、直はもう逆《さか》らわなかった。教室でカミングアウトをしたときいて、立石先生はやはり驚いた。この年齢でカムアウトするのも大変なことだが、したとしても告白の対象は心から信頼できる少数の人間に限られるのが普通だからだ。

「それもかなり乱暴な状態でやってしまったというか、やらせてしまったと申しましょうか。問題は、同級生にこの子のことをどう理解させたらよいか、実はお忙しいのを承知の上でレクチャーしていただきたいとうかがいました」

そう言って、金八先生は立石先生に頭をさげた。直の障害を勉強していくなかで、金八先生自身が感じてきた驚きと理解を生徒たちにも体験させること、それが直や三Bたちにしてやれる最後の贈り物となるはずだ。金八先生は〝教師がやりたかった最後の授業〟のテーマをもう決めていた。

「直さんのお母さんは進学先のことをとても心配されていました」

「母がうかがったんですか」

直は驚いて、立石先生を見た。成美は我が子を追いつめまいとしてか、学校へ行くのをやめた直に家では何も聞かず、一緒に行ったひかり高校のことも、オランダ留学のことも話題にしないでいたのだ。

「ええ。ひかり高校へは行ったのでしょう?」

「はい。三上先生や、嵯峨《さが》くんというか、嵯峨さんにも会いました」

直の代わりに金八先生が答えた。立石先生は目の前の二人を見くらべ、いつもと変わらぬ穏やかな口調で言った。

「では、あとは直さんが決めることですね」

直は、なかなかカウンセリングになじめなかった。いろいろ聞かれれば聞かれるほど、答えれば答えるほど、社会から自分を隔《へだ》てている壁が途方もなく大きくなっていく気がしてしまうのだ。金八先生は、黙りこくっている直の方へ向きなおった。

「ねえ直、本田先生と私は卒業前の特別授業で、セクシャル・マイノリティーについて一生懸命に話すつもりなんだ。三上先生、嵯峨さんだけでなく、ひかり高校の茶髪《ちゃぱつ》ピアスやおばさんみたいな生徒たちがね、直をごく当たり前のように受け入れてくれたみたいに、私は桜中学もそういう学校であってほしいと思っているんだ。それには、直が毅然《きぜん》としてその場にいてくれたらうれしい」

「見世物《みせもの》にする気?」

直の敵意ともいえるような強い警戒心をふくんだ目つきに、金八先生は胸をつかれ、たじろいだが、懸命に踏《ふ》みとどまって言った。

「いや、政則《まさのり》は毅然《きぜん》として自分を見世物にしなかったし、三Bの誰もが興味本意に彼の話を受けとらなかった。あのミッチーもだ」

充宏《みつひろ》の名をきいて、直の額《ひたい》に癇《かん》が走る。

「君のお母さんも、あと少しで卒業なのだから転校はさせたくないと言っている。このまま欠席を続けたって卒業はできるさ。けど、直はそれでいいのかい?」

ふと直の目は宙《ちゅう》を泳いだ。

「信太《のぶた》や美紀《みき》や、直美《なおみ》は友だちではなかったんだね。だからさよならを言う必要もないし、なんで直が女の子ではなくなったのか、わけがわかんない三Bの連中など関係ないんだね」

「ボクは……」

日課のジョギングの途中、土手にひとりですわり込んでいる信太《のぶた》の姿を見つけると、直はいつもうれしかった。直のことをヘンなヤツと呼ぶ信太の口調《くちょう》には、なんともいえない親《した》しさがこめられている。おまえのことダチだと思ってたのによ……。今でも信太の声が聞こえるような気がする。いつも自分に向けられていたおずおずとした直美の視線、充宏を止めようとした美紀の叫び声、いつも直の曲をリコーダーで吹いている賢《けん》、マンションまでやってきて懸命に理解を示そうとしていた美保《みほ》と健介《けんすけ》……。直にとって、彼らが関係ないわけがなかった。だからこそ、いっそう彼らの反応がこわく、その視線にさらされることを思うと足がすくんだ。父親すらも理解できない自分の障害が、簡単に説明できるとは思えなかった。けれど、金八先生はそうは思わないらしく、苦しげに膝《ひざ》を見つめる直をさらに追いつめた。

「君の立志式《りっし》宣言は〝自分になる〟だったじゃないか。このまま逃げ出して、どうやって自分になれるんだ?」

一瞬、直は気の強い目つきで金八先生をにらんだ。それまで直の変化をおだやかに見つめていた立石先生が、どちらにともなく口をひらいた。

「間もなく新しいガイドラインが決まりますが、親権者《しんけん》の同意の上で十八歳からのホルモン投与《とうよ》が認められるようになると思います」

ハッと目をあげた直より先に、金八先生がとびつくようにたずねた。

「すると、あと三年ですね。直は、三年後には少しずつ男の子の体になっていけるのですね」

「ええ、その二年後の手術ではじめて彼の心と体が一致します。当然、ぬいぐるみは脱《ぬ》ぎ捨てられて鶴本直くんそのものになるわけです」

「直!　それまでの一日一日、どう自分になって行くかが、これからの課題だよ」

わがことのように一生懸命になっている金八先生の言葉に、直はようやくうなずいた。

金八先生と別れて帰宅するなり、直はリビングのソファに身を投げ出した。目を閉《と》じると教室での乱闘の光景がよみがえる。椅子《いす》をふりあげた充宏《みつひろ》の逆上《ぎやくじよう》した顔。叫び声をあげて逃げまどう級友たち。頭をかかえこんだまま倒れた美紀《みき》。

「どうしたの？　疲れたの？」

キッチンから出てきた成美が、微笑を浮かべて直の隣りにすわった。

「……やっぱり、こわい」

「え？」

「あの時は追いつめられて、勢いでカムアウトしてしまったけど、ボクはまだ女の子の体をしている。みんなはボクがだましていたと思うに決まっている」

「ママは直がそんなに弱い子だとは思わなかった」

励ます成美の声は穏やかで優しかった。

「ボクは弱虫なんだ。だから、すぐに誰《だれ》でもぶん殴《なぐ》った。ボクであるためにはそれしか方法がなかった」

「……それでよかったのじゃない？　おかげで、味方してくれる先生にも出会えたし、はじめて訪ねて来てくれるお友だちもできたんだと、ママは思う」

「ママ……」

ずっと強がっていた直の口元がみるみるゆがみ、大粒《おおつぶ》の涙がこぼれ落ちた。成美が抱き寄せると、直はその胸にすがって声をあげて泣いた。


ガラスばりのホテルのロビーには、うすいカーテン越しに春の午後の陽射《ひざ》しがさしこみ、ひくく流れているクラシック音楽が、時間の流れをよけいによどませている。ひとかかえもあろうかと思われる大きな鉢《はち》に花を生《い》けかえる、その助手をつとめているのが健太郎だった。ソフトなオーバーオールにバンダナを巻き、耳のピアスが時おり光を反射している。

直の姿に気づくと、健太郎はにっこりと手を振った。仕事を終えた健太郎は、直をコーヒーラウンジの方へ誘《さそ》った。

「ここがよくわかったね」

「三上先生から聞きました」

「だったら、うちの定時制においでよ。ほんとにいろんな人がいるから、突っ張ったり無理しなくても自分らしくいられるよ」

「……健太郎さんは?」

緊張している直に、健太郎は余裕のある笑みでこたえた。

「さやかと呼んで。名前かえたんだ。健太郎の健は健康だから、さやかに健康ってどう」

「とてもいいし、似合います」

「ありがと。私ね、ずっときれいなものが好きだったの。だからホテルやイベント会場のフラワーアレンジメントの仕事をやりたかった」

直は生けたばかりの、春らしい、明るいいろどりの花ばなを眺めた。

「今は見習いだけど、ホルモンやって体を変えたら海外にも武者修行《むしゃしゅぎょう》しに行くつもり。そのころまでには、パスポートの名前も性別も本当の女になれていると思うし。日本じゃまだ私みたいのを気持ちわるがるのが多いけど、要は才能次第、私は誰《だれ》にも負けないって人生に希望を持たなきゃ、誰がしんどい思いをして体の総取《と》っかえなんかやる?」

健太郎のさばさばした口調《くちょう》に、直は思わずほほえんだ。自分を偽《いつわ》らずに生きている健太郎がまぶしかった。彼らの生き方に励ましを感じ、健太郎に礼を言うと、直は少しだけ軽くなった足どりで帰っていった。

直が勇気をかき集め、少しずつ決心を固めていく間、金八先生は三上先生や本田先生の力を借りて、着々《ちゃくちゃく》と授業の準備を進めていった。遅くまで机の上に積み上げられた資料と格闘《かくとう》する金八先生に、どんな授業ができるのかと同僚たちも興味をそそられている様子《ようす》である。若い小林先生はしきりと感心していた。

「ぼくは疑うことなく、地球人口の半分は男性と女性だと思っていたけど、そうじゃなかったんですね……」

「うん、まだ勉強中だけど、その中間の性もあるんだ」

「同性愛のことですか」

「ううん、それとも違うの」

作業を手伝っていた本田先生が横から答えた。金八先生が三上先生から借りてきた本のページを繰《く》りながら、乾《いぬい》先生もつくづくと考えている様子だ。

「マイノリティー、つまり少数派であることは確かだし、そのために世間の誤解や偏見《へんけん》があって差別されているとしたら、これはやはり、人権の問題ですね」

話の輪に入っていないと思われた北先生が、自分の机からふいに口をはさんだ。

「憲法第二十四条に〝家族生活における個人の尊厳と両性の平等〟とあるけれど、これを〝公教育に於ける〟に置き換えれば、そのまま男女共同参画《さんかく》社会に向けての、絶好の総合的学習のテーマですよ」

「北先生……」

その口調《くちょう》の生真面目《きまじめ》さに打たれて、金八先生が顔をあげると、北先生は照れを隠すようにわざとそっけなく言った。

「社会科では公民として取り組む課題ですから」

理想をつらぬく金八先生と現実派の北先生は、何かにつけてかみあわず、特に新校長が来てからは、校長の側についた北先生は、金八先生や国井教頭、乾先生らの桜中学の古参《こさん》教師たちと、彼らの培《つちか》ってきた校風に共感する若手教師たちから、はじかれたような具合になっていた。

「北先生、やりましょう！　私、レクチャー受けます」

すぐに目を輝かせた行動派の花子先生を、北先生はしかし皮肉《ひにく》っぽく突き放した。

「花子先生は家庭科でしょう。ご自分の分野でもっと勉強してくださいよ」

教師生活が長くなるほど、やりたい授業の企画、発想は広がってくる。上から示された学習指導要領と自分の理想との間の矛盾《むじゅん》に苦しむのは、どの教師も同じである。その中にあって、生身《なまみ》の生徒たちとはつきあわず、教育の成果を進学した高校の偏差値《へんさち》別の内訳《うちわけ》ではかる千田校長だけが、そういった矛盾から無縁だった。〝教師がやりたかった授業〟の準備に熱心にとりくむ教師らを見て、校長はあからさまに嫌《いや》な顔をした。

卒業前の総合学習は、三Bがトップをきってはじまった。当日の午後、直《なお》は成美《なるみ》とともに久しぶりに校門をくぐった。

「総合学習・男女共同参画《さんかく》社会とは何か」と大きく書かれた黒板の前に立ち、金八先生は久しぶりに全員がそろった教室を眺め渡した。後ろに設けられた傍聴席《ぼうちょうせき》には、三年生を教えてきた教師陣、成美を含めた幾人かの保護者、そしてひかり高校から三上先生も駆けつけていた。

「『男女共同参画社会』。えらくかたい言葉ですが、これはきみたちが二十一世紀をどう生きて行くかの根本的な問題にかかわるものです。今までは、何かというと男女平等とうたわれてきたけれど、きみたちのこれまではどうでしたか。平等に扱《あつか》われてきたか。平等であろうと心がけてきただろうか」

金八先生の問いかけに、まず学級委員の美保が手をあげ、凛《りん》とした声でこたえた。

「はい、私たちはできるだけ男女平等を心がけてきました」

「たとえば？」

「たとば部活です。部活があるからってお掃除を女の子に押しつけて逃げてしまう男子がいたけど、私たちは平等であるために絶対に逃がさないようにしました」

たちまち、男子からのブーイングが起こり、言い合いになった。男女平等なんて、ウソッパチだとチューは言う。

「女子はずるくてさ、都合《つごう》のいいことは平等平等ってわめくけど、重いもんなど持つのは男の仕事だと押しつけてへいちゃらだもん。男の方が損《そん》だよ」

すかさず、恭子《きようこ》が後ろからチューの頭をはたいた。

「泣きごというなんて男らしくない！」

「恭子、恭子、そんじゃ聞くけど、男らしいってどういうこと？」

恭子は迷うことなく答える。

「そんなの決まってるじゃん。女の子にやらせたらかわいそうだと思うことを、すすんで引き受けたり」

「給食でおかずが一個足りなかったりしても、ぐっとがまんして女の子にゆずったり」

江里子《えりこ》が後をひきうけると、スガッチがたまりかねて叫んだ。

「冗談《じょうだん》じゃねえ！」

次に金八先生が、女らしさは何かとたずねると、健介《けんすけ》が恭子たちを皮肉《ひにく》っぽく横目で見ながら並べ立てた。

「上品でかわいくて、おしとやかで、男子の言うことならよく聞いて……」

「女性蔑視《べっし》！」

「信じらんない！」

たちまち女子のキンキン声があがるのを、金八先生がさえぎった。

「はい、静かに。辞書によると、そもそも平等とは〝すべて等しく差別がないありさま〟ということなんだけど、三Bの男女平等とは全くちがうものみたいですね」

「その通り！」

後ろの方から、充宏《みつひろ》が叫ぶ。

「平等なんて、しょせんあり得ないという説もあったっけなあ」

思いがけない金八先生の言葉に、美保《みほ》や悦史《えつし》が非難めいた視線を向けた。

「うん、ここにリンゴが一箱あって三十一個入っていたとする。これを三Bに一つずつもれなく配《くば》って残りの一個は先生がもらった。こういうのをなんと言いますか」

「これぞ平等！」

自信たっぷりに答えたのは、平八郎だ。

「そうかな」

「だって、みんなちゃんと一個ずつでしょ？」

「だけど、平八の所へはたっぷりと陽《ひ》の当たった甘いのが行ったけれど、哲ちゃんの所には裏側に生《な》ったやつで少し酸《す》っぱい」

「やだ！　平八のととりかえる！」

むきになって立ち上がった哲郎を、繭子《まゆこ》がなだめた。

「哲ちゃん、これはお話なの」

「そう、今日は男らしさ、女らしさについてのお話です」

金八先生は取り出した大きなボードを黒板に貼《は》った。

① セックス

② ジェンダーアイデンティティー

③ ジェンダー

「ひゃーっ、セックスだってよ、セックス！」

裏返った高い声を出したスガッチのすねを、儀《ただし》が蹴《け》って黙らせた。硬《かた》い顔でじっとすわっている直を気にしているのだ。いつものようにスガッチに同調して騒ぐものはいない。

「そうですね。けどこの場合のセックスとは、生物学的性を言います。解剖《かいぼう》学的とも言うけれど、赤ちゃんが生まれると助産婦はペニスを見て、男の子さんですよ、ペニスがなければバルバだね、で女の子さんですよ、と言います。これを生物学的性と言います」

金八先生は淡々《たんたん》と説明しながら、訳語を隠してあったシールをはがした。「生物学的性」という文字が現れる。三Bたちは純粋な好奇心に目をみひらき、一心にボードと金八先生とを見つめている。

「次のジェンダーアイデンティティーとは『性自認《じにん》』。お母さんはペニスのある子には青い服を着せ、バルバの子にはピンクや花柄《はながら》のお洋服を着せる。なぜかな？」

「なぜかなと言われたって、私、お兄ちゃんのお下がりを着せられたことある。胸にライオンがついてて、イヤでイヤで、私」

最前列の美由紀《みゆき》が口を開くと、皆もつられたようにそれぞれに小さかった時の服や持ち物のことを口にした。

「誰《だれ》が決めたのかわかりませんが、ペニスがある子は自分は男の子、それがなくてピンクのお洋服を着てピンクのコップで牛乳を飲んでいれば自然と自分は女の子と認識してゆき、これを性自認と言います。そして性自認によって、自分は男だと思ったものは男としてあらねばならぬと考え、行動し、女の子の方はいつか結婚して子どもを育てるのだと、昔からなんとなく自分を社会に順応《じゅんのう》させていったんだね。ところが世の中が変わって、男だからといって体が弱いのに重いものを持たなければならない男らしさというのが苦痛になる人がいます。反対に、女らしく上品にしていろと言われても、どうも料理は苦手《にがて》な代わりに運動が好きでオリンピックをめざす女性もいるでしょう」

「いる、いる!」

香織《かおり》が思わず声をあげていた。幾人ものうなずく顔が見える。

「とすると、世間がなんとなく要求している男らしさ、女らしさを追求してゆくことは、その人がその人らしく生きたいという思いを否定し、なりたいものになれないという人間性の喪失《そうしつ》につながりかねません。そこで実験です。朝の学活の時にみんなに自分の夢の職業を書いてもらったものをカードにしました。それで、何をもって男女と区別するか、見てみましょう」

遠藤先生が前列の生徒たちに手伝わせて、さまざまな職業名の書かれたカードを黒板に貼《は》り出した。その中に自分の夢の職業を見つけて、生徒たちの顔にくすぐったそうな照れが浮かんだ。

「皆さんの夢の職業。四人分足りないのは、人気職種でだぶっているということです」

「やだな、誰《だれ》だよ、おれと同じなのは」

健富《けんとみ》の冗談《じょうだん》めいた口ぶりに笑いがおこり、教室は和《なご》やかなムードになった。

「さあ、誰だろうね。では当てっこゲーム。はい、パン・ケーキ屋さんになりたいのは誰だと思う？　陽子」

突然指名《しめい》された陽子はちょっと考えてから、きっぱりと言った。

「奈美《なみ》です」

「なーんでよ！」

奈美が心外《しんがい》と言わんばかりの声をあげた。遠藤先生がケーキ屋のカードに悦史《えつし》の名を入れると、その意外な取り合わせに一同はどよめき、悦史がぶっきらぼうに言った。

「ただ、一度、作ってみたいと思っただけなんだ」

花屋は直美《なおみ》、野球選手はスガッチというところまではよかったが、あとはなかなか当たらなかった。パイロットでは、賢《けん》、一俊《かずとし》、充宏《みつひろ》とみんなが口ぐちに名前を叫んだがどれもはずれで、黙って立ち上がったのは誰もが思いもよらなかった繭子《まゆこ》だった。

「私にはムリだと思う。でも夢でいいなら、パイロットになってあちこち世界中に行ってみたいし、上から地上を見下ろしてみたい」

英語が好きではきはきした三Bきっての〝国際派〟の繭子の言葉に、あらためて納得顔《なっとく》の生徒たちを、金八先生はいたずらっぽく見渡した。

「ほらね、パイロットと言ったら男子の夢となぜ思うんだろうか?」

「だって、やっぱ男子の仕事と思いますよ」

健介が口をとがらす。

「そこでジェンダーフリーです。このジェンダーフリーというのは、人それぞれ、男も女も関係なく大いに得意分野を発揮《はっき》して、不得意な所を埋め合って、共に生きるという心が〝男女共同参画《さんかく》〟の社会に向けて歩み出すということです。みんなの夢は特別に得意分野ではないけれど、潜在的に憧《あこが》れているものが挙《あ》げられているのです。発表しましょう」

金八先生が名前の入っていない職業を読み上げ、志望した生徒が立ち上がると、驚きの声が幾度もあがった。皆が賢だと思った弁護士は平八郎、音痴《おんち》の奈津美《なつみ》は作曲家だった。サッカー選手は正臣《まさおみ》と香織《かおり》の二人だ。この間までグループのボスで充宏たちの頭を押さえつけていた美紀の夢はカウンセラーだった。

「私……あんまり人の話に耳を傾けない方だった。だから、話を聞いて受けとめて、力になれればと思って」

おずおずと告白する美紀に、直美とあかねが小さな拍手をおくっている。長らく美紀グループでカバン持ちをやらされていた充宏の夢は、里佳《りか》と同じ社長だった。理由は、人に威張《いば》られるのが嫌いだから。養護の先生になりたいという政則には、後ろに立つ本田先生がこっそりと拍手をおくった。カメラマンと呼ばれて、賢と直がすっと立つと、周りからへえーと驚きのため息がもれた。みんなが女子の職業と思った幼稚園の先生になりたいのは健富《けんとみ》で、男子だと思った宇宙飛行士は陽子だった。

「女のくせになー」

野次《やじ》をとばした一寿《かずとし》を、陽子は怒ったようににらみつけた。

「女だって向井千秋さんは素晴らしい宇宙飛行士じゃん！」

そんなやりとりを微笑して眺め、金八先生は言った。

「そうですよ。どうですか、この実験でわかっただけでも、ジェンダーフリーはもうどんどんと進んでいるでしょう。夢も能力も、もう男らしさ、女らしさの枠《わく》は越えて、つまりジェンダー・社会的性の性別は重なり合って線引きはできません。つまり境目《さかいめ》は非常にあいまいになってきているというのはわかりましたね」

三Bたちはまだ思いがけない結果にざわめいている。遠藤先生がカードをまとめて後方に戻ると、金八先生はあらたまった調子で続けた。

「では復習します。セックスすなわち生物学的性。弘城《ひろき》は男子ですか、女子ですか」

「男」

弘城が即座《そくざ》に答える。

「香織《かおり》は」

「女の子です」

「政則」

「男です」

「美紀」

「女です」

「充宏《みつひろ》」

「おれは男だってば！」

充宏はヒステリックに怒鳴《どな》った。金八先生は席の順にたずね、生徒たちは次々と答えていく。直の番が近づいてくるのを、後方の成美は祈る思いで見守っていた。

「直」

覚悟をしていた直は、低いがきっぱりとした声で答えた。

「ボクは男です」

誰もが予期していたものの、ショックが走り、教室は水を打ったような静寂《せいじゃく》につつまれた。しんとする中を、金八先生はまじめな顔でさらにたずねた。

「この前もそう言ったね。見た目は女子なのに、なぜ君は男なのですか」

「ボクの性自認が男だからです」

立ち上がった直が、淡々《たんたん》と答える。

「もしよかったら、みんなにわかるように説明してくれますか」

「……ボクの体は生物学的には女です。だから花柄《がら》の服を着せられたし、バレエやピアノを習わせようとされたけれど、それがイヤでイヤでたまらなかった。幼稚園に入って女の子のグループに入れられたことが納得《なっとく》できず、不満でした。だから、母には花柄よりライオンセーターをせがんで、ドロドロになって男の子とばかり遊んでいました。私は自分が男の子だと思っていたのです。ただ……」

緊張で口の中がからからにかわいていた。直のかすれ声がとぎれると、金八先生は直を励《はげ》ますように見つめて、そっと続きをうながした。

「ただ?」

「とてもくやしかったのは、男友だちのようにどうしても立ちションがうまくできなかった」

教室に、直の息づかいがくっきりと響き、皆、魔法がかかったように身動きがとれなかった。

「でも、性自認は男だから、もっと大きくなったら、ペニスが生《は》えてくるものだと信じていました。あの日までは」

「あの日までとは?」

「小学校五年生の時、二泊三日の林間学校へ行く前、女子だけがスライドを使っての生理の時の注意がありました。その時、ボクははじめていくら待ってもボクにペニスが生えてこないことを知ったのです。もう絶望しかなかった」

昂《たか》ぶりかける感情を必死で抑《おさ》え込みながら直は震《ふる》える声でそこまで言うと、口を閉《と》じた。しばらくの沈黙の後、隣りのあかねが直を見やりながら、そっと手をあげた。

「ごめんなさい？」

「どうぞ」

「それでも直はやっぱり女の子ではないわけ？」

「だってボクは男なんだもの、間違って女の子の形になってるだけで。自分と全く別のぬいぐるみを着ているみたいなんだ。わかってもらえないだろうけど、ボクは……」

直の唇《くちびる》が細かく震《ふる》え、今にも泣き出しそうだった。

「ありがとう、すわってください」

立ち往生《おうじょう》したかに見える直に金八先生が声をかけると、直は頭を高くそらし、ひと息に最後まで言い切った。

「でも僕は化《ば》け物なんかじゃない、必ず、本当の自分になります」

「そうだね……。このままもし直が学校に出て来なければ、直の求める男子の姿になるまで、つらい手術や試練があっても、みんなそれをささえてやることもできなかったろうね」

金八先生の声は限りなく優しい。その声を黙って受け入れ、静かに腰を下ろした直に、みなの視線が集中した。

「さ、ここからもう少し生命誕生の不思議を一緒に考えていこう」

金八先生は、調子を変えるように、明るい声で言うと、教壇をおり、本田先生にバトンをわたした。

「性同一性障害」と書かれた新しいボードを黒板にはり、本田先生は教壇に立ったが、教室の重苦しい雰囲気《ふんいき》を感じて、まず一同にたずねた。

「少し休みますか、それとも性同一性障害について進みますか」

「お願いします」

そう頼んだ賢《けん》の声も、直のようにかすれていた。本田先生は、かすかに賢に微笑を返すと、いつもの頼もしい口ぶりで話し始めた。

「人の数だけ性はある。坂本先生がそうおっしゃったけど、私も改めて勉強して、本当にそう思いました。〝心〟という意味を表すりっしんべん（忄）に生きると書いて性。性とは『生きる心』という字で、大きくは二つの意味を持っています。さっき、セックスと聞いただけで変てこな笑いをした子がいたけれど、私はその子がセックスイコール性行為だといやらしい連想をしたとは思いません。性とは何かがわかっていないからの照れだったと思う。性行為というのは後でふれますがとても大切なことで、決していやらしいものではないと、まず白紙に戻って聞いてね」

今や、当のスガッチでさえ、まじめな顔でうなずいていた。

「性には生物学的性のセックスと、社会的性、ジェンダーの二つのとらえ方があることは、もうわかりましたね。けれど、生まれた時に見た目だけでは男の子か女の子か分からない赤ちゃんがいます。男の子にしてはペニスが小さいし陰囊《いんのう》も見当たらないし、女の子にしてはでっぱりすぎている。ハテどっちなのだろうという人が半陰陽児《いんようじ》と言われます。でもX線などで検査をすると、お腹《なか》の中に男女の特徴が隠れていたりして、男女のどちらの性に属するかが分かることがあるのネ。それぞれ男の子、女の子として、見た目もはっきりと生まれてくるまでに、お母さんが胎内《たいない》で、これは耳、これは足、これはペニスというように作ってくれるのだけど、ほんのちょっとしたことで、それらが未発達、未分化のまま生まれることがあるの」

聞きなれない言葉に圧倒されたような顔の三Bたちを見て、本田先生は少しくだけた調子に変える。

「それは特別なことではないの。たとえばここにいる三Bの全員、お母さんのお腹の中では頭の骨も半びらきだし、上唇《うわくちびる》は鼻の下から裂《さ》けていたのよ」

恭子が、ぎょっとしたように、自分の唇に手をやった。

「けれど、多くの子は生まれるまでには今の形になります。中には未発達のまま生まれてくる子もいますが、医学の進歩で唇などはすぐに縫《ぬ》い合わされて全く痕《あと》も残っていないから、誰もわかりません。みんなにわかってもらうために、正確な医学用語は使っていないけれど、今日は〝性同一性障害〟の中のトランスセクシュアルをメインにお話しします」

金八先生は、体をこわばらせたまま前方を見つめる直と、生徒たちの反応を、注意深く見守っている。本田先生は、ひと呼吸おくと、ゆっくりと話しはじめた。

「ほんとうに生命というものの誕生は不思議で神秘的です。セックス、この場合は性行為だけれど、男性の精子《せいし》が女性の卵子《らんし》と出会って受精卵《じゅせいらん》になった時のたった一個の細胞は、約九ヵ月後の産《う》み月まで、約六〇兆個まで細胞分裂をくり返して『ヒト』となります。一個が六〇兆ですよ。しかもこの受精卵の中には、お父さんとお母さんから引きついだ十万個という遺伝情報がつまっていて、いわゆるお父さん似《に》、お母さん似《に》、または隔世《かくせい》遺伝でおじいさん似《に》だったりするわけね」

途方もない数字にため息がもれるほか、みんな全身で本田先生の言葉に耳を傾けている。

「さらにね、それ以前、卵子も精子もXとYという性染色体を持っています。これが合《がっ》体《たい》して細胞核がXXならば女性に、XYであったら男性として、胎児《たいじ》はお母さんのお腹《なか》の中で発生分化していくわけ。けれど、実はXX、XYのほかにもいろいろなパターンを持つ染色体があったり、ホルモンの分泌《ぶんぴつ》の違いによって、男性女性にはっきりと分けることが出来ないということがわかってきたのです。また、いろいろ説がある中の一説として、女性である胎児が、なんらかの原因で、ある時期に多量の男性ホルモンを浴びると、体は女性のまま脳が異性化してしまうこともあるといわれています。鶴本直さんが、自分は男だと主張しているのはそういうことなのかもしれません」

後ろで見守っている成美の唇《くちびる》がかすかにふるえている。直は耐えるように目を閉《と》じた。

「そして、姿形《すがたかたち》は男の子なんだけれど、その心と脳、つまりその本体は女性という人もいて……」

本田先生がそういいかけた途端、充宏《みつひろ》が椅子《いす》を蹴って立ち上がった。

「オレは外も中も男だってば！」

「ミッチー」

金八先生があわててなだめるが、充宏は瞳《ひとみ》に憎悪《ぞうお》をたぎらせて怒鳴《どな》った。

「僕は男だ。昔っから色が白かったけど、そんなのおれのせいじゃない！　なのにみんなが勝手に女っぽいとからかってよ、おカマおカマとバカにしやがって！」

「おれはおカマだなんて言ってねえぞ」

平八郎が言い返すそばから、正直な一寿《かずとし》や儀《ただし》がぺろりと舌を出す。

「おれは言ったことある」

「おれも言っちゃった」

「みろ！　おれははじめっから、直みたいな変てこりんなのとはちがうんだ！」

充宏が吠《ほ》える。

「直のどこがへんてこりんなんや」

あまりの剣幕にみなが圧倒されて黙っている中、信太《のぶた》がふつうの声で言った。声はおだやかだが、有無《うむ》を言わせぬようなすごみがある。

「だって！」

「どこがちがって、どこが同じなのか、僕たちそれを今、勉強してるんじゃないか」

賢の口調《くちょう》もまた静かで厳《きび》しかった。直は唇をかみしめて耐えている。充宏はしぶしぶすわった。

「充宏、なにもお前がキリキリすることじゃないし、それから一寿、オカマとはどれほど相手を傷つける言葉かわからんのか！」

金八先生に一喝《いっかつ》されて、一寿はすなおに充宏にあやまった。

「ごめん。ほんとにごめんな。けどおれ、いつもミッチーをおカマだなんて言ってないぜ。ただケンカとなるとさ、つい……」

「それはそう思っている証拠《しょうこ》じゃないか」

ふくれる充宏を、陽子がとがめるように振り返って見た。

「けど、ミッチーもわざわざおカマと呼ばれるような真似《まね》をしないこと」

「いや、そんなのはミッチーの自由だよ。面白がる方が悪い」

悦史《えつし》が冷静な口調で口をはさむ。

「面白がらせる必要もない」

美保がきっぱりと言い放ち、充宏が黙り込む。金八先生は本田先生に頭をさげた。

「はい、少し脱線しました。よろしくお願いします」

「ええ、脱線にはちがいないけど、同性愛についてちょっとだけふれましょうね。ほんとに人の数だけ性のかたちがあって、先ほどの生物学的性、性自認、社会的性とも男性である場合、異性である女性を、また同じく女性の場合は男性を愛するタイプを異性愛者といい、男性であって同性の男性を愛の対象に考える、あるいは女性であって同性の女性を愛の対象と考えるのが同性愛で、男性の場合をゲイ、女性の場合をレズビアンと言います。異性、同性のどちらが好きかというのは、性的指向によるものです。ベストセラーにもなった『世界がもし一〇〇人の村だったら』という本には、同性愛者は一〇〇人中一〇人いるって」

「えー」

前列の雪絵がびっくりしたような声をあげ、周りを見回した。

「ということは三B三十人のクラスに三人はいたっておかしくないことなのに、言えなくしているのはどうしてなんでしょう」

教室がざわつきはじめる。生徒の側に立っていた金八先生が手を挙《あ》げ、生徒たちの動揺を見すえながら発言した。

「はい、それははじめに生徒たちに話した、家父長性《かふちょうせい》にもとづいた男らしさ女らしさの型にはめる教育が長いことされてきた結果ではないでしょうか。男子は女子を好きになるのが当たり前という当たり前論で、性同一性障害や同性愛などのマイノリティーはあるべきものではないものと思ったり、異質なものとして排除してきた、そういう教育です。それに対して男女共同参画《さんかく》というのは、それらのすべてを認め合う社会をめざすという点を、もう一度みんなにわかってほしいものです」

三Bたちは怒られたように、再び神妙《しんみょう》な顔つきになり、本田先生は教壇の上から金八先生に笑いかけた。

「はい、よくできました。ほんとにいろいろな人がいて、その一人一人に人間として守られる尊厳があるのね。鶴本さんに話を戻すと、すべてを男性として生きるための性別適合手術という道があります。具体的には、もうハッキリと言うわよ、胸をとって子宮《しきゅう》など女性として妊娠出産する機能を全部取り除いて、ペニスをつくることです」

痛みを耐えるような表情をしているのは、もはや直だけではない。本田先生の声は重く、三Bたちの表情は真剣だった。

「更に複雑なのは、胸だけ取れば下の方はそのままでいいと思う人あり、男性から女性になりたいという人の中には、胸をふくらませてペニスを女性の性器につくりかえたいという人、また、女性の服を着てお化粧《けしょう》することで本当の自分になれると思う人など、さまざまいて、性同一性障害も含め人というものは単純に男と女の二つに分けられないということです。男と女の境界線がとてもあいまいだということは、さっきのどういう仕事につきたいかの「あてっこ実験」でもわかりましたね。結論は、男とか女とかにくくらず、一人の人間が自分らしく生きてゆくことができる社会の環境を、国やみんなが整えてゆくことが大事であるということです」

そう言い終え、本田先生はいつもの優しいまなざしに戻って、もうすぐ桜中学を巣立っていく三Bのみんなをあらためて見渡した。目の前の真実をなんとか理解しようと懸命になっている彼らの、ずっと幼かった入学当初の顔を、本田先生は今でもたやすく思い出すことができる。保健室で涙を見せた顔もいくつもある。固く殻《から》を閉《と》ざし、こわばった表情をしていた二人の転校生、政則と直も、本田先生の目にはこの半年あまりでずいぶん成長して見えた。

打ちのめされたような沈黙を震《ふる》える声で破ったのは、学級委員の美保だった。

「ありがとうございました。まだ頭の中が整理ついていないけれど、直が間違った体に生まれてきてしまったこと、それでどれほど苦しんだかと思うと、私、たまらない……」

そう言いながら、美保はこみあげてくる涙に声をつまらせた。

「ありがとう、美保……」

礼を言う直の目にも光るものがある。膝《ひざ》の上で固く握《にぎ》りしめていた直のこぶしはいつのまにか、開いていた。弘城《ひろき》が黙ったまま、ぼろぼろと涙をこぼしていた。美紀《みき》がおずおずと手をあげた。

「質問があります……直は、結婚できるのですか」

「愛し合った男と女が一緒に暮らすということではできます」

金八先生が慎重に言葉を選びながら答えると、すぐに政則がたずねた。

「子どもは？」

「できません。手術により男性になっても直の体には精子をつくる仕組みがないから」

本田先生がおだやかに宣告をくだすやいなや、信太《のぶた》が立ち上がって言った。

「ええやんかっ。結婚の目的は必ずしも子どもをつくることではないと思う。愛し合って一緒に暮らしたら、それでええやんか」

賢は父親が手がけているという裁判のことを思っていた。一見あたりまえと思える権利をかちとるまでに、どれほどのエネルギーを必要とするか、家で父の話を聞きかじっただけの賢にも想像がついた。直の前に横たわる長い長い道のりを思い、賢は考え込むように言った。

「……けど、正式な結婚はできないんだ。日本の憲法第二四条に、婚姻《こんいん》は両性の合意においてのみ成立し、とあるけれど、直は性別適合手術で男性になっても、戸籍《こせき》は女性のままだからね、愛する女性とも法律的に夫婦とは認められない」

「そんなもん、変えたらいいやんか！」

信太は涙をにじませ、ものすごい剣幕《けんまく》で叫んでいた。いつも笑いで隠して、感情をむきだしにすることのない信太の激情を、賢は驚いて見つめた。

「今、僕んちの親が、手術で性別適合をした人たちの戸籍訂正の申し立てをしてがんばっているんだ。直の問題でもあるとは思わなかったけれど……」

「やっぱり、そういう人たちがほかにもいたんだね」

健介《けんすけ》は今まで信じられない思いでいた事実が、くっきりと明るみの中に引き出された様《よう》子《す》にただ驚き、なかば呆然《ぼうぜん》としていた。

「そうよ、セクシャルマイノリティーの人たちは自分は病気なのか変態《へんたい》なのかと、人に言えずに悩んでいる。裏返して言えば、直のような人を理解するチャンスもなく、多数派の人が見すごしてきたからだわね」

本田先生に、直の問題を自分の問題としてつきつけられ、三Bたちはぎこちない手つきではあるが、それぞれの手で問題を引き受けたのだった。金八先生が言った。

「けれど、日本でも法的に手術ができるようになって五年目、十一人の人が本来の自分になれた。でも、そこで万々歳《ばんばんざい》じゃない。戸籍が変わらないということは、住民票もパスポートも健康保険証も元の性のままということだ。陽子、自分が入国《にゅうこく》管理局の審査官になったと想像してくれないか」

「はい」

「適合手術をすませた人が男の服を着て、人によっては髭《ひげ》を生《は》やしているかもしれない、なのにパスポートは女性となっている……」

「変だと思います」

陽子の返事は三Bみんなの胸に痛みとなって落ちた。

「だから、実は私は昔女性で、と手術のこともプライベートなことも話さなければならない。保険証もそうだよね、病院の窓口が混《こ》んでいる中で、知られたくないことを人前ではじめっから説明しなきゃならない身にとっては」

「人権の問題です」

正臣《まさおみ》が怒りをこめて答え、いくつもの声が同調した。

「そうだよ、だから今、六人の人が合同で訴訟《そしょう》を起こしているんだって」

賢が言うと、直美はすがるように賢にたずねた。

「で、認められそうなの」

「わからない。なにしろ前例のないことらしいから」

落胆《らくたん》のため息がもれる中、金八先生は力強く言った。

「裁判とは闘《たたか》いです、闘いに希望をもたないでどうする」

「そうよ、同性愛の結婚も認めている国だってあるんだから」

本田先生も元気よく付け足した。

「へえー、じゃあ男どうしで結婚できちゃうわけ？」

素《す》っ頓狂《とんきょう》な声をあげたチューに、金八先生は自信たっぷりに微笑《ほほえ》んで見せた。

「性的指向なんだし、男どうしだって愛に変わりはないだろう？　人は、性別、人種、お金のあるなしに関係なく人として同等なんだという考えが、男女共同参画《さんかく》社会への根本なんだから、性別適合手術をする直には、必ず近いうちに戸籍も男性に変更できる日が来ると私は思う。がんばろうな、直」

こっくりと直がうなずく。涙でかすみ、金八先生の顔も友だちの顔もよく見えなかった。

「がんばって、直！」

「応援する！」

「体も男になったら、一緒に立ちションしようや」

なつかしい信太の声に、いくつもの男子の声が重なり合った。

「おれも！」

「おれも！」

ただ、充宏だけがかたくなに直から視線をそらせていた。賢が直にまっすぐ向き直って言った。

「直、僕が言うのも変だけど、今日は本当にありがとう」

直と成美《なるみ》の目に新しい涙があふれ出た。

その日、いつものように賢と平八郎とあかねが連れ立って、土手の道を帰っていくと、道の先に直がこちらを向いて立っていた。その視線がまっすぐ賢に向けられているのを見ると、平八郎とあかねはさりげなく、賢のそばを離れた。

向き合った二人は少しの間、互いの目を見ていたが、やがて、直が口を開いた。

「親愛なるハセケンへ。イエスタディというのは僕だったんだ」

「うん、今日の授業を受けながら、僕はなんとなくわかった」

賢はにっこりと笑って答えた。直の目がみるみる輝きを帯びた。それは賢が見たこともない微笑だったが、そんな直を見て、賢はなぜか直のことをずっと前から知っていたような気がするのだった。

「ありがとう。でも、明日から僕のハンドルネームはトゥモローだ」

差し出されたほっそりした手を、賢は力をこめて握《にぎ》った。平八郎とあかねが、下の道から二人の様子《ようす》を見守っていた。

Ⅲ　対決と和解

５カ月ぶりで病院から帰還してきた幸作を迎えて、坂本家には親子３人、水入らずの生活が戻ってきた。金八先生は妻・里美先生の遺影に手を合わせて報告する。

春一番が吹くと、景色の変化に加速がついた。冬の厳《きび》しかった金八先生のところへも、春の便《たよ》りはたてつづけにやってきた。政則《まさのり》は無事に都立緑山高校の二次試験に合格し、直《なお》は、都立ひかり高校定時制の受験を決めた。幸作は病室の千羽鶴の一部を父親にプレゼントして、お祝いを言った。千羽鶴が八百羽鶴になったら縁起《えんぎ》が悪いと乙女は心配したが、幸作はにこにこして首を振った。そして、そんな幸作にもようやく退院の許可がおり、親子三人は病室で手をとりあって涙を流したのだった。

家に帰って、天国から見守ってくれていたに違いない妻の遺影《いえい》に報告しながら、金八先生は涙がとまらなかった。奇《く》しくも、直の合格発表と幸作の退院は同じ日であった。

直の受験日の朝、成美《なるみ》からは直が一人で出かけたという電話が入ったが、本当にひかり高校へ行ったのか、金八先生はまだ少し不安だった。けれど、玄関を出ると沈丁花《じんちょうげ》の香りをのせた風がふわりと頬《ほお》をなで、金八先生は気をとりなおして通《かよ》いなれた朝の道を学校へ向かった。

金八先生の心配をまったく知らず、直はひかり高校で答案用紙に鉛筆をすべらせていた。ずっと孤独な直だったが、友だちのぬくもりを知った今、もはや留学などは考えられなかった。あれほど高いハードルだと思っていた級友の理解を得られたことが、マイノリティーにとっては生きにくい日本でやっていく勇気を直にさずけた。〝自分になる〟までの一日一日をどう過ごしていくか。自分がオランダへ行くときには、シゲルや健太郎のように明確な夢を抱いて行きたいと、直は思う。

追加入学試験の行われる教室には十人ほどの受験生がいたが、互いに共通するところは見当たらなかった。私服のグレーのズボンと紺のセーターを身につけた直がいちばん一般的な高校生に近い感じだった。試験の内容は、直にとっては簡単なものだった。ざっと見直し、鉛筆をおいて、改めて教室内を見回すと、周りの受験生たちはまだ、頭を抱《かか》えて答案と格闘《かくとう》している。背中をつつかれて、ふとふりかえると、五十なかばくらいの元気そうなおばさんが、しきりと身振りで答えを見せてくれと頼んでいる。直は一瞬あっけにとられたが、試験官の背中を確かめ、さっと自分の答案用紙を渡してやった。おばさんは直に片手拝《おが》みでお礼の合図を送ってきた。

直にとっても、金八先生と本田先生にとっても大きな賭《か》けだった三Bの総合学習の評判は高く、A組、C組でもアレンジを加えて同じ授業が行われた。一、二年生には今はまだ学習指導要領にない〝総合学習〟などしている暇《ひま》はないと千田校長が許可しなかったが、保健の時間を使って本田先生は同様のレクチャーをした。若い脳細胞《さいぼう》は教師たちが考える以上に柔軟で吸収が早く、直は桜中学であっという間に有名人になっていた。そして、誰ひとり直《なお》をからかうものはいなかった。

査定《さてい》の気になる北先生がパイプ役をはたしているとはいえ、職員室での校長の孤立は日に日に目立ってきて、教師たちに向けられる校長の言葉もまたいっそう皮肉《ひにく》っぽく、とげをふくんだものになっていった。この日、国井教頭は珍しく笑顔で校長に呼び止められ、面くらったくらいである。校長は金八先生を呼んでくるようにと告げると、上機嫌《じょうきげん》で校長室に消えた。

校長室で金八先生と差し向かいになるなり、校長は年度末の異動《いどう》を言い渡した。金八先生はやはりという思いがする一方、さすがにショックはかくせなかった。顔をこわばらせた金八先生を見て、校長はにんまりとして言った。

「そういうわけで、転任先については和田教育長にご一任しましたが、たしか、荒谷二中とか……まあ、坂本流の力が存分に発揮できる困難校がいくらでも待っていることでしょう」

荒谷二中というのは、このあたりで最も荒れているという噂《うわさ》の中学だ。つい先日も校内暴力の被害にあって病院へかつぎこまれた教師がいたはずである。校長は内心それを喜んでいるような様子《ようす》だった。

「それでは確かにお受け取りください」

ぐいと押しやられた、「内示《ないじ》」と表書きのある封筒《ふうとう》を、金八先生は一回転させて向きを変え、突き返した。

「いえ、正式な辞令《じれい》ならばちょうだいいたしますが、内示ならば結構です」

「同じことでしょう」

怒ったときの癖《くせ》で、校長のこめかみがピクリと動いた。

「かも知れませんが」

金八先生は頑《がん》として受けとらなかった。校長は目に怒りをたたえたまま、猫なで声を出した。

「いや、同じ教職にあるものとして、互いに理解し合い、協力し合えなかったというのは実に残念でした」

「私も全く同感でありました。しかし、離任《りにん》式までは私は本校の教師です。きちんと教え子を卒業させなければなりませんので、私の教育方針でその日まで続けます」

「結構ですよ、給料分は働いてもらわないと困りますから」

余裕たっぷりに言い放たれた言葉にむっとしながらも、金八先生は喉《のど》もとまで出かかった反撃の言葉をのみ込んで、頭を下げた。

「承知いたしました」

「立つ鳥あとを濁《にご》さずのたとえもあります。先生方には私から知らせるので、離任式まではご自分で発表するのは慎《つつし》んでいただきたい」

「それは緘口令《かんこうれい》ですか」

反骨精神のかたまりのような古参《こさん》教師に、校長はできる限り威圧《いあつ》的な態度で答えた。

「教育長のご配慮です。本校にはあなたのやり方に味方している若手教師や生徒が多い。したがって、決まったことに対する混乱が起きれば、その首謀者《しゅぼうしゃ》としてあなたの今後にも影響すると思います」

「わかりました。ご親切にどうも。では失礼いたします」

一礼して出て行く敵の背中を、にらみつけるようにして見送り、ドアが閉《し》まると、千田校長は壁の高いところに飾られた歴代校長の写真をふりあおぎ、なぜか英雄的《ヒロイック》な気分になって、両手を合わせて柏手《かしわで》を打った。

職員室では、六ヵ月間の企業研修を終えて帰ってきた遠藤先生が、大はしゃぎをしていた。もともと行く気がなく、研修先の書店にいることが屈辱《くつじょく》で、遠藤先生は何かにつけて学校や安井病院に顔を出した。それが、大病の息子と三年生をかかえる金八先生としては、ずいぶんと助かったのだった。遠藤先生は戻って来るなり、自分にも卒業前の〝教師がやりたかった授業〟をやらせてもらいたいと国井教頭に食い下がっていた。すでにスケジュールが決まっており、国井教頭がしぶい顔をすると、遠藤先生は校長室から出てきた金八先生に泣きついた。が、金八先生はまだショックで呆然《ぼうぜん》としている。

「ひどすぎるっ、これじゃまるで出戻りの用なしみたいな扱《あつか》いじゃありませんか」

遠藤先生と国井教頭が押し問答をしている中、顔を出した校長は秘密めいたしぐさでそっと北先生だけを校長室へ呼び入れた。周りの出来事が目に入っていないような金八先生の様子《ようす》を、乾《いぬい》先生が心配そうにそっと見ている。

「先生!」

突然、声をかけられてはっとわれにかえった金八先生が振り向くと、こざっぱりとした身なりの直が立っていた。

「おう、どうした？」

「ぶじ、ひかり定時制の入試、受けて来ました」

「そうか、よかった、よかった」

金八先生は顔をくしゃくしゃにさせて喜んだ。教え子と向き合っていると、さきほどまでの怒りがすうっと消えていく。

「いや、お母さんから入試に出かけたと連絡はいただいてたんだけどね、もしかして直はすっぽかすんじゃないかと……」

「やだな、坂本先生だけは生徒を信じる先生だと思っていたのに、裏切られました。ショックです」

「えっ」

冗談《じょうだん》を真《ま》に受けて慌《あわ》てる金八先生に、直は白い歯を見せて笑った。

「三上先生がよろしくとおっしゃっていました。それから、もう友だちができました」

「ほんとかい！」

「すごいおばさんだったけど、ボクをはじめから男の子だと思い込んでいるみたいで、とても気持ちよかった」

はしゃぐ直を見るのは、はじめてだった。いま目の前でブレザー姿で笑っているのが、本来の直なのだろう。総合学習以前の、いつも一人ぼっちで、斜《なな》めに視線を落としていた直の姿を金八先生は痛々しく思い出す。

「ううむ。やっぱり直には女子の制服はつらかったんだね」

「今ごろ、わかったんですか」

金八先生はすまなさそうにうなずき、あらためて直という教え子に感謝する。直が道を切り開かなければ、これからも人知れず苦しむ生徒がまだまだいたに違いないのだから。

「いや、こんど入学してくる女子の親と小学校の担任からズボンもＯＫにしてほしいと嘆願書《たんがんしょ》が出されてね」

「それで？」

直の目がすっと鋭くなる。

「いろいろ意見があったけど、ＯＫになったさ」

「よかった……！　着替えてきます」

「ああ、皆も待っているから」

ぴょこんと一礼し、踵《きびす》をかえした直を、金八先生はふと呼び止めて、たずねてみた。

「直、ひとつだけ内緒《ないしょ》で教えてくれないか。はじめての日、脚《あし》に大きな傷痕《きずあと》があると言ったのは？」

「ウソでした」

直はさらりと答えて微笑する。はずむような大股《おおまた》の足取りで出て行く直を見送っていると、横にいた国井教頭が、感慨深げに言った。

「ああいう服を着てると、鶴本直はやっぱり始めから男の子だったんだと思うわ」

「はい」

「あれから生徒たちの反応はどうですか」

「多少のとまどいは残っているようですが、直に関しては、生命誕生の不思議をとらえて、受け入れつつあります」

金八先生の答えに共感をこめてうなずき、国井教頭は大きなため息をついた。

「けど、新入生の女子ズボンＯＫの決定も、教育長さんが和田先生でなかったら絶対に認められなかったと思う。だって、うちのあの御仁《ごじん》、同じＯＫ出すにもひどいのよ。〝大抵《たいてい》の女の子さんはスカートでしょうが、近年、ごく稀《まれ》にズボンを履《は》きたいという女の子さんもいるようで〟って、ごく稀《まれ》にとか、大抵《たいてい》のとか、まるでスカートを履《は》きたがらない女の子が普通じゃないみたいな言い方だったから……」

教育長からの指示とあって、千田校長もしぶしぶ認めはしたが、整然とした光景の好きな千田校長にとって、女子の制服がまちまちになるのは苦痛だったようだ。自分としては好ましくないズボン導入に関して、譲歩《じようほ》を強いられたというわだかまりがいつまでも胸の中にくすぶり、当の保護者を見る校長の目つきには敵意がこもっていた。三Bの授業を傍聴した教頭には直の痛みがよくわかったが、校長にとって直は疫病神《やくびようがみ》でしかなかったのだろう。千田校長に覚えがめでたいのは偏差値の高い進学校に合格した生徒ばかりだった。

教室に戻った直はたちまち信太《のぶた》たちに囲《かこ》まれた。

「よう、テストどうだった？」

「どうってことはなかった。それより面白そうな連中と一緒になれそうな感じだ」

直が上機嫌《じようきげん》で答えると、信太がうらやましそうな声を出した。

「ほう、わいもひかり定時制にかわろうかな」

「おう、四次だってあるんだ。来たかったら来いよ」

「なら、おまえはもうオランダには行かねえんだな」

儀《ただし》が念を押すと、直は賢《けん》の方を見やってうなずいた。

「うん、行かない。しばらくあの高校でやってみようと決めたんだ」

賢は無言で微笑を返した。乱暴でとっつきにくい女子と思っていたのが、実は男子だったとわかると、これまでの直の勇ましい振る舞いに納得《なっとく》がいったのか、新しい仲間に興味津々《しんしん》といった感じで直の周りには男子が輪をつくっている。鎧《よろい》を脱《ぬ》いだ直は決して無口ではなく、話してみるとさっぱりとした気性《きしょう》が気持ちよかった。美保は口をとがらせて、抗議した。

「なんか変。私たち、直を男の子たちに取られちゃったみたい」

「こいつは男だもん、あたり前じゃん」

平八郎がいばって答えた。調子にのったスガッチが軽口をたたく。

「けど、惜しいことしたな。直はタイプだったんだよ、女のうちにやっちゃえばよかった」

少し離れたところから、直たちを見ていた充宏《みつひろ》の目がすっと光った。スガッチは女子たちに総スカンだ。

「アホ！」

「変なこと言わないで！」

陽子がスガッチの頭を小突《こづ》き、スガッチは女子たちの総攻撃に頭をかかえて、おおげさに逃げ回った。皆、直の味方だった。

「直、男にも女にも両方友だちが出来てよかったじゃん」

屈託《くったく》ない恭子の祝福に、直の口からはすなおに感謝の言葉が出る。和気あいあいの教室で、ただ充宏だけが冷え冷えとした目で背後から直をにらんでいた。

充宏の機嫌《きげん》が悪いことは、グループの里佳《りか》や香織《かおり》、江里子《えりこ》たちにはよくわかっていた。けれど、殴《なぐ》り合いから時間もたち、直の障害がわかった今、どうして充宏がそこまで執《しゅう》念《ねん》深く憎悪《ぞうお》を燃やすのか、理解できない。

「もういいじゃん。ミッチーはなんでそんなに直を目の敵《かたき》にするのよ」

放課後、奈美《なみ》の家のタコ焼き屋に集まると、香織たちはあきれたように充宏に言った。

「じゃあ、あんたたちはあたしが袋叩《だた》きにされっぱなしでも平気なの？」

充宏は仲間たちの顔をにらみつけ、つっかかった。

「誰もそんなことしてないよ」

「されてるわよ！　何を言っても私が悪者《わるもの》で、あれだけ騒ぎ起こした直がなんで皆にチヤホヤされてんのさ」

ものすごい剣幕で怒鳴《どな》る充宏を、奈美がなだめようとする。

「だからぁ、直が今までどんな苦しい思いでがんばってきたかみんなもわかったから」

「うるさいわね。お前は注文されたタコ焼き焼いてろ、横から口出すな！」

「うへえ！　こわ」

奈美は肩をすくめた。

「で、ミッチーは一体どうしたいっていうのよ」

「それを相談してんのに、何よ、みんな気がないんだから」

「私、やばいことはいやだからね」

江里子がとりあわない、というように手をふり、香織も里佳もまったく乗り気ではなかった。クラス中を味方につけたと思われる今の直にからんで、勝ち目などないことは本能的にわかる。美保やあかねのように直に近づくことはできなかったが、それでも香織たちの中の直への敵意はもう消えていた。充宏は落胆《らくたん》と怒りの混《ま》ざりあった表情で、あてつけるようにため息をついた。

「まったく、いざとなれば女なんてあてにならないんだから。ああ、三年間もお前たちのカバン持たされるより、男の仲間に入ってたらよかった」

江里子たちも負けてはいない。

「女で悪かったね！　持たせて持たせて、カバン持ちたいのぉと言ったくせに」

「そうだよ。男より女の子が好きだから、私たちの仲間がいいと言ったじゃん」

女子の反撃に充宏はふくれっつらでつぶやいた。

「あれは美紀《みき》がボスだったし、あいつ、きつかったから」

父親の自殺未遂《みすい》という弱味をつかんだ充宏は、頭の上がらなかった美紀を巧妙にグループから追放した。充宏はリーダー格におさまったが、香織たちの充宏に対する評価は簡単には変わらなかった。これまでみなのカバンを持ち、美紀のパシリをしてきた充宏である。美紀とはボスとしての器《うつわ》が違うのだ。ただ、直とやりあったときの充宏のキレ方が想像を絶していたので、皆、充宏を怒らせない方がいいとは思っていた。

「けど、あの騒動《そうどう》のとき美紀が直の代わりにとび出して頭切っちゃったのは驚いた」

「私も感動」

「やっぱ、すごいよ、美紀は」

口ぐちに美紀の噂《うわさ》をする香織たちを、充宏はヒステリックに怒鳴《どな》りつけた。

「うるさいったら！　だったら、美紀や直美の仲間にしてもらえよ、いい子ちゃんのグループに」

「ミッチー、勝負はついたんだから、もうこれ以上カリカリするのはやめな」

里佳がなだめても、充宏の苛立《いらだ》ちはまったくおさまる気配《けはい》がない。

「わかったわよ、どうせおまえたちはあたしのことカバン持ちにしか考えてなかったんだ」

「あれは遊びのうちだろ」

「そうよ。美紀や私たちがついていてやったから、A組やC組のワルもミッチーに手え出さなかったんだよ」

同調するどころか、逆に恩を売られて充宏はわめいた。

「もう、女なんて嫌いだ！」

けれど、香織も里佳も江里子も大声に驚きもせず、奈美が運んできたタコヤキの方に気をとられている。

「お茶ちょうだい」

「ほら、ミッチーも。熱いうちがおいしいよ」

話題がそれて、悔《くや》しさに歯ぎしりする充宏に、里佳はタコ焼きを頰張《ほおば》りながら軽い調子でたずねた。

「で、ミッチーってば、いったい何をどうしたいわけ」

「あいつを、あいつを押し倒してやりたい」

喉《のど》の奥から絞《しぼ》り出すような声で充宏は言った。

「いくら男だ男とわめいても、やつは女だろ。手術なんかする前におれはあいつを女だと証明してやりたいのよ」

充宏のねじれた憎しみに、里佳たちは呆然《ぼうぜん》となって、タコヤキを食べる手が止まった。

里佳たちのそんな様子《ようす》に目もくれず、充宏はカバンからごそごそとケイタイを取り出すと、少し考えてからボタンを押した。

「あ、もしもし、おれミッチー、元気ぃ？　うんしばらく、何年ぶりかなぁ。お前まだ日舞《にちぶ》やってんの？　フフフフ、うん、ちょっと頼みたいことあるんだけど、お前んとこの兄貴、なにしてる？　えー、鑑別所《かんべつしょ》ぉ？」

香織がギョッとした目を充宏に向けた。

「こっちにはいいタマがそろってんのにぃ。おまえ、やってみたいか？　大丈夫大丈夫、おれがついてるからさ。バーカ、ビビるなって、別におまえじゃなくてもいいから、適当な奴を紹介してよ、うん、ちょっと変わってるけど美形……」

思いきり背伸びして悪ぶっている充宏の口調《くちょう》は、香織も里佳も聞いたことのないものだった。充宏の目は暗い憎悪《ぞうお》にひきつっている。誰かと会う約束を取り付けたらしい充宏の様子を、みなぞっとしたように見守っていた。


もうすっかり暗くなってから金八先生が帰ってくると、玄関の前に人影がある。金八先生の姿を見つけて、ほっとしたような照れ笑いを浮かべたのは信太《のぶた》だった。

「なんだ、なんだ、何ごとですか？」

金八先生に聞かれて、信太は恥ずかしそうに言った。

「というほどのことやないんやけど、頼みがあるよって、ここで待っとった」

「ここでって、ここでか？」

「うん、そこで」

信太はドアの外を指さした。部屋の中には明かりがついて、台所あたりから物音がきこえる。

「なんだ、なんだ、話があるなら、上がって待っていればいいだろう」

遠慮しているのか信太は首をふり、そっと切り出した。

「実はさ、オヤジに話があるんやけど、先生いっしょに行ってくんないかな」

「今からか？」

「善は急げと言うやろ」

なんでもないふりをしているが、親の離婚すら黙って耐えていた信太のことだ、よほどせっぱつまってのことなのだろう。金八先生の脳裏《のうり》を、幼児虐待《ぎゃくたい》のことがかすめた。金八先生はそのまま家にカバンだけ置くと、いっしょに信太の家へ向かった。

息子が担任とともに帰ってきて、父親の浩造《こうぞう》は面くらったようだった。浩造と妙子《たえこ》、信太と金八先生で差し向かいにすわる。妙子は脅《おび》えたように身を縮めていた。エリカは隣りの部屋に追いやられ、障子《しょうじ》の向こうからしきりとこちらを気にしている様子《ようす》である。

信太は、口を開くなり、家を出て行った母親と暮らしたいと告げた。浩造の顔がたちまち真っ赤になる。

「わがままもいいかげんにしろ、このバカ！」

今にも殴《なぐ》りかかりそうな浩造の剣幕に、妙子が必死に割って入る。

「いいえ、私が悪いんです。私がいたらないばっかりに」

「何度同じことを言わせるんだよ、おまえは！」

苛立《いらだ》った浩造は、乱暴に妙子をも怒鳴《どな》りつけた。

「そうだよ、この人は悪くないよ、ただ」

信太がいそいで妙子をかばうと、浩造はかっと見開いた目で噛《か》みつくように言った。

「ただ、なんだ！」

「このままおれがこの家にいると、この人、ほんとに悪くなっちまうかも……」

「宏文さん！」

思わず信太の方を見た妙子に、信太は優しく言った。

「だいたい、こんな家でそない気ぃ使うことあらへん。父ちゃんかて助かっとるんやし」

「それがわかってるなら、なんで妙子に当たるんだ！　なんで妙子はエリカを折檻《せっかん》するんだ！」

「すみません。本当に申しわけありません。つい忙しくてエリカにちゃんとしたしつけもできなくて」

妙子が額《ひたい》を畳《たたみ》にすりつけるようにして、浩造の怒りを鎮《しず》めようと謝《あやま》る姿に、信太はかっとなって怒鳴った。

「エリカはええ子や、エリカのせいにするな！」

「この野郎、かりにも母親に向かってその口のききようはなんだ！」

父子《おやこ》は荒い息づかいでにらみあった。これでは話し合いは不可能だ。信太が立ち会ってくれと言ったのが、金八先生にはよくわかった。そして、なぜ、あっという間に離婚が成立してしまったかも。

金八先生は穏やかに言った。

「あの、他人が口をはさむことではないかもしれませんが、とにかく落ち着いて」

しかし、短気な父親は金八先生にも怒鳴る。

「まったく、学校はどういう教育をしてるんだよ！」

「いいえ、これはご家庭の問題です」

「だったら他人の家によけいな首を突っ込むな！　宏文も家ん中の恥をさらしやがって」

浩造はわめき散らし、信太もまた今日ばかりは一歩もひかない。険悪な雰囲気《ふんいき》に、妙子は泣きながら浩造にとりすがった。

「やめて、お願い。そんなに私たちのことが迷惑かけるのなら、私は……」

金八先生の目が厳《きび》しく光った。

「出て行くと言うんですか」

「だって、それしかほかに道が……」

「エリカちゃんはね、亡くなったお父さんにうんと可愛がられたんでしょ。その大好きなお父さんに死なれてさびしい気持ちは、母親に出て行かれた宏文が一番わかってやったんじゃないですか」

みるみる信太の目に涙があふれてきた。けれど、浩造は息子の気持ちがわかるどころか、ただいらいらするばかりだ。

「だったら、なんで妙子に底意地《そこいじ》悪くしてエリカに当たらせるんだ」

「わいはエリカが可愛い。けど勝手に部屋に入って机をいじられたくない」

「ほら、みろ!」

勝ち誇ったように叫んだ浩造に、ついに金八先生ががまんできずに声を荒げた。

「聞きなさいよっ。いやなことはいやと素直《すなお》に言えない空気がいやだと宏文は言ってるんです。それは同時にエリカちゃんにも良くないと」

「そうや、そやさかい、わいは出て行くと言うとるんや」

信太も必死で父親を説得《せっとく》する。けんかの形で出て行くのはどうしてもいやだった。けれど、妙子はいっそう身を縮めて、かぶりを振った。

「それでは私の立場がなくなります。出るのならこの私が」

「奥さん、この際《さい》あなたの立場はどうでもいい。そんなもんと、全部のしわ寄せを受けているエリカちゃんと、どっちが大事なんですか」

「それは……」

いつのまにか、障子が一センチほど開いて、エリカのまんまるな瞳《ひとみ》が一つ、不安げにのぞいている。

「奥さん、もっと自分に自信を持てと言ったじゃないですか。ご主人が再婚する気になったのも、この家にあなたの存在が必要だったからでしょう」

うつむいた妙子の肩がふるえていた。最も冷静を欠いているのは大黒柱《だいこくばしら》の浩造だった。

「ああそうだ。それなのにこのガキがウダウダと」

「ウダウダ言われるのは誰《だれ》ですかっ、あんたも父親なら父親らしく」

ついに妙子がわっと泣き出した。

「うるさいんだよ、もう！　どいつもこいつも出て行け！」

浩造が怒鳴るなり、金八先生は立ち上がって泣いている妙子の腕に手をかけた。

「奥さん、ああ言っています。行きましょう！　家族にはそれぞれ果たす役割があるのに、それに気がつかない人間は、一人にしておけばいいんです」

あわてたのは浩造だ。

「そんなら、あたしはどうなってもいいと言うんですかい」

「そうなりたくなかったら、もっと一人一人を大切にしなさいよ！」

勢いをそがれ、怒鳴るのをやめた浩造に、信太が懸命に説明する。

「父ちゃん、わいはそのために母ちゃんの所に行きたいんや。父ちゃんには働き者の妙子さんがいるやないか。けど、おかんはヤキトリ屋の裏仕事で一人暮らしや」

「それを身から出た錆《さび》と言うんだ」

「そないなこと、おかんかてわかっとる。そやさかいしんどそうで、かわいそうで……」

薄暗い路地で重いビールのケースを運んでいた母親の姿がよみがえり、信太はしゃくりあげた。

「わてかて何もしてやれんけど、グチの相手ぐらいはしてやれる。そのかわり土曜日は帰ってくる。父ちゃん、ダメか？」

「なんで帰ってくるんだ」

さすがに息子の優しい気持ちに打たれ、それでもひっこみがつかずに、浩造はぶすっとして横を向いた。浩造の怒りには、たった一人の息子をめぐる、別れた妻への嫉妬《しっと》も含まれていた。息子とも別れさせられたことが町代にとってどんなにこたえるか、浩造にはわかっていた。それが、自分を裏切った町代への腹いせでもあったのだ。けれど、別れた時も、別れた後も、すでに自分よりも上背《うわぜい》のある息子の、母親を慕《した》う気持ちを考えたことはなかった。

「ここはわいの家やし、父ちゃんのこともエリカのことも気になるもん」

黙ってうなずいた浩造の瞳《ひとみ》から、涙がひとしずく落ちた。隣りの部屋からエリカが飛び込んできて、信太にとびつく。信太は泣き笑いで、エリカを抱き、あたたかい小さな頭に頬《ほお》ずりした。

「……先生」

我《われ》にかえると、怒鳴り散らしたことがばつがわるく、浩造は感謝をこめて頭をさげた。

「はい、私が思うに、二度と事故が起きないようにと、宏文も考えてのことだと思いますよ」

うれしそうな信太の様子《ようす》を眺め、金八先生は胸の中があたたかくなるのを感じていた。

金八先生が家に帰ると、乙女が台所から顔を出し、にっこりした。

「お帰り、話はうまくおさまったんだ?」

父親の顔色でだいたいのことがわかるらしい。けれど、金八先生がひと息つく間もなく、すぐに電話のベルが鳴った。ぶつぶつ言いながら受話器をとると、電話の主《ぬし》は和田教育長だった。

「あ、教育長さん……いろいろとご心配、ご迷惑をおかけいたしました」

金八先生の声がかしこまった調子になるのを、乙女は気にして聞き耳をたてた。異動《いどう》の内示《ないじ》を受け取らなかったので、千田校長はかなり怒って、教育長のところまで出向いたらしかった。明日、教育長のところへ行くことを約束して、金八先生が電話を切ると、乙女が心配そうにのぞきこんだ。

「何かあったの?」

「いや、別に」

「和田教育長さんでしょ。えらくかしこまって、ご心配かけたのご迷惑かけたのと」

「そんなことは、今どき、中学の先生をしてたら年中のことさ」

「ならいいけど……」

金八先生は何気《なにげ》ないふうを装《よそお》って、勘《かん》の鋭い乙女の視線から目をそらした。

その日は忙しい日で、金八先生が夕飯を食べ終わろうかという頃、ふたたびインターホンが鳴った。訪ねてきたのは政則だ。

邪魔なのではないかと玄関に遠慮がちにたたずむ政則を、金八先生は笑顔で招き入れた。

政則は真剣な目つきでまっすぐに金八先生を見て言った。

「父に面会に行きたいと思っています」

「面会？　成迫《なるさこ》先生にか？」

「はい。無事に桜中学を卒業できると報告に行きたいのです。それで、卒業式の前後は坂本先生もお忙しいから、その前がいいか、後がいいか……」

金八先生の顔に笑みがいっぱいにひろがった。

「いつでもいいとも！　そうか、お父さんに会う気になってくれたか」

金八先生はほっとするあまり嬉《うれ》し涙をにじませながら、何度もうなずいた。成迫先生が知ったら、どんなに喜ぶだろうか。拘置所《こうちしょ》から何通も送られてきた手紙は、成迫先生の心配する気持ちが、ぎっしりと並んだ几帳面《きちょうめん》な文字の間からあふれ出ていた。けれど、成迫先生は、金八先生が面会に行った際《さい》にも政則に会いたいとは言わなかった。息子の憎しみを感じつつ、自分に対する憎しみを支えにしてでもなんとか生きていってほしいと、願うのはそればかりだったのである。

「……ほんとは僕、ずっと会いたかったんだと思います。でも、何かひとつでも突っ張っていないと、僕という存在もガタガタに崩《くず》れそうな気がしていて」

政則の告白を聞き、成迫先生にはそんな政則の思いを聞くまでもなくわかっているに違いないと金八先生は思った。

「でも、哲ちゃんや繭子《まゆこ》や、儀《ただし》たちと友だちになれたし、週刊ジャーナルのデタラメ記事には、先生方も三Bも、近所の人もいっしょになって僕を守ってくれました。父も刑務所の中から家庭裁判所に申し立てるための手続きをしてくれたし、高校進学のこともぜんぶ報告したいのです」

「ありがとうよ、政則。これで私も肩の荷が一つ下りた気がするよ」

金八先生はすぐにも、政則を連れて成迫先生に会いに行きたいくらいだった。政則の生き方が、どんなに成迫先生を慰め、励ましになるかしれない。隣りにすわって聞いていた乙女の目にも涙が光った。

「よかった、よかった。政則、おかげで私もすべてすっきり終わらせることができる」

「終わらせるって？」

「あ、いやいや、政則も直もそろって送り出せるということ」

いぶかしげな顔になった政則に、金八先生はあわてて笑って答えた。

翌日は待ちに待った幸作の退院の日だった。午前中に元三Bを代表してヒノケイが退院の手伝いに駆けつけ、乙女をサポートしてくれる手はずになっている。ちはるもいるし、スーパーさくらの明子が車をまわしてくれるというので安心だった。幸作は退院の許可がおりたときはあれほど喜んだのに、いざ退院となると嬉《うれ》しさと寂《さび》しさの入り混《ま》じった複雑な表情をしていた。仲良くなった正子を病院へ残していくのが、不憫《ふびん》だったのだ。義足を作っても、伸び盛りの正子にはすぐにあわなくなってしまう。新しい義足ができるとまたリハビリのやり直しで、退院は先送りになるのだった。幸作が悲しい顔になると、正子は相変わらず気丈《きじょう》に笑って、お見舞いに来て、と言った。

幸作の退院で舞い上がっているはずのこの日、金八先生は力なく土手を歩いていた。自転車でパトロール中だった大森巡査は、後ろから金八先生の姿を見つけ、大声で呼びかけたが、金八先生が気づかないので、近づいて耳元で鋭くホイッスルを吹いた。

「どすたぁ？　幸作も無事《ぶじ》退院してきたっつうに、まるで魂《たましい》サ抜けたみてえに歩いていて、トラックにはねられたら、なんとするだ、あん？」

挨拶《あいさつ》代わりにからんで、いつものようにはっぱをかけようとするが、金八先生はちっとものってこない。

この時、金八先生は和田教育長を訪ねた帰りだった。

教育長はまず、突然の内示《ないじ》で驚かせたことを詫《わ》びた。実際には、千田校長は金八先生とぶつかりあうたびに査定《さてい》のことをほのめし、異動《いどう》をちらつかせてきたので、金八先生にとって異動は突然という感じはない。けれど、ケアセンターの立ち上げなど、桜中学で自分の片腕となっていくつもの山をのりこえてきた金八先生に異動を命じるのは胸が痛むらしく、和田教育長は弁解するように言った。

「私も教育長としてはまだ半年ですからね、千田校長への指導も限界がありました。しかし、坂本先生とどちらを動かすかでは、校長の方が傷が深いでしょう」

千田校長の桜中学への赴任《ふにん》には、和田校長の意向《いこう》も含まれている。これまで金八先生たちが培《つちか》ってきた桜中学の校風を考えれば、軋轢《あつれき》が生じることは目に見えていただろう。それなのに千田校長を送り込んできたのは、和田教育長にどんな事情や思惑《おもわく》があったのか、金八先生にはわからないし、納得《なっとく》もしていない。が、ともあれ、自分の信念をつらぬいた結果の異動ということならば仕方がないと、金八先生はもう覚悟を決めていた。

ところが、和田教育長の口から出たのは思いがけない言葉だった。区の教育委員会へ入ってもらうというのである。

「え、しかし、内示によりますと……」

面くらった金八先生が荒谷二中の名を出すと、和田教育長はさらりと否定した。荒谷二中の入院していた教師が退院し、何としても現場復帰したいと言っているのだという。

「わかりますか。つまり坂本先生が異動していくべきポストは荒谷二中にはないということです」

めがねの奥の教育長の目がかすかにいたずらっぽく光った。

「教育長にはそれなりの裁量権《さいりようけん》があります。桜中学へ異動する先生はすでに決まっていますので、教育委員会に入って私の力になってもらいたいのですよ」

教育委員会に入るのを出世ととる人もいるかもしれない。けれど、あとそう長くはない教師生活、金八先生はどうしても現場で生徒たちと同じ空気を呼吸していたかった。以前、金八先生は文部省で研修をしたことがある。そのことを同僚《どうりよう》たちはうらやんだが、金八先生はその研修の後、管理職試験を受けずに最後まで一現場教師として教室に残ることを決心したのだった。昨日の政則や直、信太の笑顔を見たときのような充実感は現場にしかない、と金八先生は思う。愛着の深い桜中学を出て行くのはつらいことだが、新しい中学でまた一から、生徒たちと向き合っていくのもいいのかもしれない。しかし、異動先が学校でないのであれば、話はまったく別だった。

「ありがとうございます。しかし、それは教育長の恩情《おんじよう》ですか、それとも……」

和田校長はため息をついて、話し始めた。

「千田校長が意地《いじ》になっているのは朝の十分間読書です。その廃止を、坂本先生は猛然と反対された。ところが、今度、文部《もんぶ》科学省がこの朝の十分間読書を推奨《すいしよう》している。となると、メンツ丸つぶれというか……」

「しかしこれは、一校長の顔がどうつぶれようが、教師としては信念を持って生徒たちの生活に組み入れなければならないことですから」

金八先生は即座《そくざ》に答えた。十分間読書のことで対立したのは、三学期が始まってすぐのことである。千田校長との間には数々《かずかず》の摩擦《まさつ》があるが、十分間読書をめぐる校長のメンツが異動の決定的な要因だなどとは、思ってもみなかった。教育長は金八先生の言わんとすることはよく理解していた。ただ、十分間読書に反対したことを、金八先生に教研集会などでしゃべられるのではないかと、千田校長が非常に怖《おそ》れているというのだ。

「まさか。私がそんなことしゃべりまくるはずがないじゃありませんか」

金八先生はなかばあきれて叫んだ。

「それほど彼は生真面目《きまじめ》で気が小さい人だということです」

教育長は眉《まゆ》ひとつ動かさずに答えた。そんなくだらないことで自分の身が左右されるのかと思うと、金八先生は情《なさ》けなく、あらためて怒りがふつふつと湧《わ》き上がってきた。

「わかりました。現場を希望する以上、私にはどこにも行き場がないということがよくわかりました。いやだと言えばクビだということもわかります。ですから、お願いがあります。むざむざクビをとられるのならば、千田校長とは抱き合い心中をしますから、国井教頭先生の校長昇格《しょうかく》をお願い申し上げます！」

「いや、それはできない」

教育長は無情に首を横に振った。

「私は千田くんの長所も短所も分かっている。だからこそ、現職において少しでも生徒のことを考える校長になるよう指導していきたい。これは、教育長としての私の試練と賭《か》けだと思っています。坂本先生、学校は地域と協力して外からでも変えていけるとは思いませんか。だからこそ、私といっしょに力を合わせてほしいと言っているのです」

教育長の頬《ほお》に決意がにじんでいた。教育長が、自分よりもさらに広い視野のもとに千田校長をとらえていることは、金八先生にもわかる。それでも、乾《いぬい》先生同様、〝生涯《しょうがい》一教師〟は金八先生の口癖《くちぐせ》だ。教師を天職としてきた自分にとって、現場を離れてはたして何ができるのか、何をしたいのか。金八先生は大きなため息をつき、それでも、やはり即答《そくとう》することはできなかった。

「申しわけありません。考える時間をいただけませんか」

「いいでしょう。しかし、時間はあまり残されていませんよ」

おだやかにうなずいた教育長に一礼し、金八先生は肩を落として教育委員会をあとにしたのだった。

「大森さん」

金八先生にまっすぐ見つめられて、大森巡査はあわてて首を横に振った。

「金ならなし！　借金申し込みなら聞がね」

「そうじゃなくて、もし、もしもだよ。警部を命じられた代わりに、交番勤務を解《と》かれたら、あんた、どうする？」

大森巡査は大きな目でぎろりと金八先生をにらむと、きっぱりと言った。

「ふざけるなって。そったらこと、本官は認めねえぞ」

「警察庁長官の命令でもか？」

「おう、本官の本分は、地域住民の生命と財産と安全を守ることだっちゃ。そったら命令が来たら、ただちに意見書をたたきつけてやるべし」

「やっぱり、そうか」

一人で納得《なっとく》している金八先生を見て、大森巡査は怒りだした。

「何がやっぱりだ！　人をバカにするな！」

「わかった。どうもありがとう」

「こら、何がありがとうだ！　待ててば、こら！」

怒ってホイッスルを吹きまくる巡査を後に、金八先生は急いで学校へ戻っていった。

校庭では三Bたちと数人の教師が集まって、なにやら騒いでいる。

「あ、先生だ！　すべりこみセーフ！」

チューがいちはやく担任の姿を見つけ、甲高《かん》い声で叫んだ。

「何してるんだ？」

「実験でーす！」

いくつものはしゃいだ声が答える。戻ったばかりの遠藤先生が、ついに〝教師のやりたかった授業〟の参加をねじこんだらしい。小さなトラクターのまわりに灯油缶《とうゆかん》やら、一升瓶《いっしょうびん》やらが置いてあり、遠藤先生がはりきってバイオ・ディーゼルについてレクチャーしている。惣菜屋《そうざいや》の儀《ただし》の家からもらってきた使い古しの菜種《なたね》油で車を走らそうというので、生徒たちも興味津々《しんしん》で群《むら》がっている。充宏《みつひろ》だけが少し離れたところにすねたような顔つきで立っていた。面白そうにのぞきこむ金八先生に、直《なお》が走りよった。

「先生、ひかり定時制、おそ咲きだったけどサクラ咲きました」

「そうか、それはよかった！」

わっと、皆が拍手をした。これで三B全員めでたく進路決定というわけだ。充宏の瞳《ひとみ》はいっそう暗く憎悪《ぞうお》を帯び、奈美《なみ》と里佳《りか》だけがそんな充宏の様子をそっと気にしている。

実験はてこずっているようだった。金八先生が職員室に戻ってしばらくして、菜種油でエンジンがかかったらしく、外から三Bたちの歓声がきこえてきた。ふと見ると、奈美と里佳が入り口からしきりに手招きしている。大事な話だから、と声をひそめる二人を見て、金八先生は保健室を借りることにした。いざ、金八先生と向かい合うと、奈美も里佳も顔を見合わせて言い出しにくそうにしていたが、やがて奈美が思いきって充宏のことを金八先生に訴えた。

「……私、ミッチーがなんかやりそうで心配」

「私たちさ、美紀がボスだったから、ずーっとミッチーを子分にしてきたけど、マジ切れの、あんなミッチーははじめてだった」

里佳も心配そうに眉《まゆ》をくもらせる。本田先生も不安げに口をはさんだ。

「坂本先生、まさかと思うけれど」

「……何がミッチーをそこまで思いつめさせているのか……直との殴《なぐ》り合いでもフォローはしたはずだよな」

金八先生は腕組みで考え込んでいる。確かに、このところ充宏には、とげとげしく、投げやりな発言が目立っていた。以前は、クラスの注目を集めたくて、わざとふざけているといった明るいところがあったのだ。

「でも、あんなに執念《しゅうねん》深いとは思わなかった」

「でも私は、まさか直をやっちゃう勇気、ミッチーにあるとは思わない。それだけに何かするんじゃないかって」

どきりとなってこちらを見つめる金八先生に、奈美はこわごわと言った。

「あの勢いだと、誰《だれ》かほかの男の子けしかけて、直をやっちゃうとか」

「そんな！」

本田先生が悲鳴のような声をあげた。

「私だってホントはチクリたくないよ。でも、さっきの実験のときだって、ガソリン見てたし……直にぶっかけるんじゃないかと、私……」

「チクるとかチクらないとかの問題じゃない！」

金八先生は驚いて怒鳴《どな》った。

「そうよ、よく教えてくれたわ。ね、坂本先生」

怒鳴り声に身を縮めた里佳を、本田先生があわててフォローした。しばらく考えて、金八先生は美紀を呼ぶように頼んだ。奈美が意を決したようにうなずく。グループから離れた美紀に話すのは、彼らの論理でいえば、新しいボスである充宏への裏切りになる。

美紀は、すぐに保健室へやってきた。充宏が誘《さそ》うのはどんな男友達だろうかと聞かれて、美紀は首をかしげた。美紀の知る限り、充宏に友だちと呼べるような男子はいない。一年のときからずっと、美紀は充宏をおさえつけると同時に守ってきたのだから。休み時間も帰り道もたいがいはいっしょだった。他の中学に友だちがいるような気配《けはい》もなかった。美紀は懸命に、記憶をたぐった。

「友だちと言えるかどうかわからないけど、あの子、幼稚園から小学校まで書道や日舞《にちぶ》のお稽古《けいこ》やっていたから、その時の友だちはいるかもしれません。すごいいじめられっ子で、ひどいことされたって泣きながら話したことありました」

「それがマジギレの原因と思うかい?」

美紀は首を振った。ひどいことといえば、忘れかかった小学校のころのことよりも、この三年間の自分と充宏との関係を考えるほうが自然だ。充宏に対して自分が吐いた数々《かずかず》のこころない言葉が、今になって美紀を鞭《むち》打った。

「私たち、ミッチーをずいぶんオモチャにしてました。その時は全然感じなかったけど、ミッチーの中にたまっていたそんな思いが直に対して噴《ふ》き出しているのなら、ほんとにごめんなさい、私……」

「もう、いい。わかったのなら自分を責めるな」

「でも、私ならタイマン張れる」

直を守らなければ、と美紀は必死に言い、金八先生に厳《きび》しく一喝《いっかつ》された。

「バカなこと言うな！」

「ううん、暴力じゃかなわないもん。でも、この前の大喧嘩《おおげんか》でケガさせられたから警察に言うと脅《おど》かせば……」

「いや、それではもっと追いつめることになる」

「けど……」

殴《なぐ》り合いのときの充宏の様子《ようす》を思うと、予測のつかない充宏の暴走が美紀にもそらおそろしかった。けれど、金八先生は眉間《みけん》に深く皺《しわ》をきざんだまま、うなった。

「その場はそれでおさまるかもしれないよ。だがミッチーも直も同じ町に住んでいるんだ。これから高校の行き帰りもあるし、悪く考えたくないが、高校でそのための仲間をつくって、政則の姉さんのようにそいつらに直を襲《おそ》わせることはないだろうか……」

すっと背を冷たいものが走った気がして、美紀が沈黙する。美紀の青ざめた顔を見ると、金八先生はにっこりして言った。

「ありがとう。美紀はなるべく直のそばにいてやってくれ。あとは私の仕事だ。私がタイマン張ります」

「ヤバいよ、先生！　あの子、気が小さいから、いったんキレたら、いつものミッチーじゃなくなったじゃないですか」

本気で焦《あせ》っている美紀の頭を、金八先生はぽんと軽くたたいた。

「バカチンが。誰が椅子《いす》の投げっこをすると言った？　話し合いのタイマンです。誠心《せいしん》誠意《せいい》わかってもらうようにがんばるよ」

美紀がほっとすると同時に、本田先生が心配そうに声をかけた。

「気をつけてくださいよ」

「大丈夫。美紀、ミッチーとは卒業前の最後の友情だ。フォローしてくれ」

「はい」

美紀が凛《りん》としたまなざしでしっかりと返事をする。二つに結《ゆ》わえたさらさらの髪に、今風《ふう》の短いスカート。金八先生の目には、美紀の華奢《きゃしゃ》な姿に、幼いころ近所に住んでいたランニング姿のガキ大将の姿がだぶって見える。美紀はぺこりと頭を下げて出て行った。残された時間は少ない。金八先生は、これが桜中学での最後の仕事になるだろうと、気をひきしめるかのように深呼吸《しんこきゅう》した。

校庭からぞろぞろと教室へ戻ってくる途中、充宏は列のいちばん後ろを歩く直を呼びとめた。

「直、あたしたち、おまえと手打ち式やりたいんだけど」

「手打ち式?」

けげんな顔の直に、充宏は愛想《あいそ》よく言った。

「おまえ定時制、おれ昼間。卒業したらもう会うことなくなるしさ、ね」

充宏の真意《しんい》を測《はか》りかねて、直が黙っていると、充宏は自分の様子《ようす》を気にして見ていた里《り》佳《か》、奈美《なみ》、香織《かおり》と江里子《えりこ》を顎《あご》で指して言った。

「こいつらも仲直りパーティーをやりたいんだって。直と私たち、なんとなく仲良くなかったじゃん。みんなばらばらの高校へ行くんだし、三Bでよかったなという思い出にしたいって言うしさ、パーティーやろうぜパーティー」

「うん」

直が承知するいなや、充宏は媚《こ》びるようにせまった。

「どこでやる？　ファミレスへ行ってカラオケにくり出すとか……」

「オレんちでもいいよ」

充宏は目を輝かせてたたみかけた。

「おまえんち？　へぇ、やったあー。いつ？　いつ？　いつにする？」

「それは、母に都合《つごう》を聞いてみる」

「よーし、みんな抜けがけはするなよ。いいな」

振り返りざま、里佳たちをにらんだ充宏の目はぞっとするほど鋭かった。里佳は思わずこくんとうなずいた。

「あのう……お別れパーティーなら、私も出ていい？」

直の傍《かたわ》らにいた直美《なおみ》がおずおずと口をはさんだ。充宏は冷たい目で直美を値踏《ねぶ》みしていたが、無害と評価したのか、そっけなく直に言った。

「いいよな」

「もちろん」

直に微笑《ほほえ》みかけられ、直美は頬《ほお》を上気《じょうき》させた。うまく約束をとりつけた充宏は上機嫌《じょうきげん》だ。

「じゃあ、直はおふくろに都合《つごう》聞けよ、プログラムは私がこいつらと考えるから」

賢《けん》と平八郎、あかねは廊下の角のあたりに立ち止まり、取り囲まれた感じの直を心配そうに見やっている。おびえながら充宏を見守っていた里佳は、保健室から戻ってくる美紀の姿を見つけると、ほっとして思わず大声で呼んだ。

「美紀！　直んちでパーティーやるんだ、美紀も来なよ」

「あいつはいいよ！　呼ぶことない」

充宏があわててさえぎり、美紀と充宏の目が激しくぶつかりあった。その様子を見て、直がきっぱりと判断を下《くだ》した。

「いいじゃないか、賢たちも呼んでみんなでやろうよ」

「それはそれ、手打ち式が先なんだから、みんなで盛り上がるのはその後だ」

計画が水の泡《あわ》になることをおそれた充宏が、体裁《ていさい》をつくろって苦しい言いわけをする。

そんな充宏の表情を、直は真意《しんい》をさぐるようにじっと見ている。妙な雰囲気《ふんいき》を感じ取って、平八郎が声をかけた。

「おい、おまえたち、そこで何もめてるんだ」

「もめてねえよ、盛り上がってんの!」

充宏が急いで、来るなというふうに手をふった。

教室に入ると、それぞれの輪ができて、直の周りにはさきほどの様子を気にした賢たちや美紀が寄ってきた。直の家でのパーティーと聞いて心配する美紀を、賢は笑ってさえぎった。

「でも、仲直り手打ち式ならやったらいいよ、僕たちもいっしょによばれするからさ」

「おう、この平八郎がついてるんだ、何も心配はないさ、なア」

胸を張ってポーズをとった平八郎に、直は思わず笑って言った。

「ボクのことでは本当にみんなに心配してもらった。だから クラスの全員が来てほしいくらいだ」

「それはダメ、三Bのお別れ会は別に企画係ががんばっているもの」

あわててあかねが首をふる。企画担当の美保たちは、卒業式のあとのお別れ会を盛り上げるため、教室を手配したり、先生方へ招待状を配ったりとかけまわり、披露《ひろう》される余興《よきょう》もだんだん決まりつつあった。

うまく直のOKを得た充宏は、いつものように教室の隅の方で香織たちとはしゃいでいるように見える。しかし、しゃべっているのは里佳を震《ふる》え上がらせるような内容だった。美紀や賢たちや美紀も直のところに来るとなって、充宏は凄《すご》むように仲間に念を押した。

「いいわね、パーティーはおれ一人が先に時間差攻撃で行くから、口裏《くちうら》合わせて協力しろよ」

「一人で行ったって、直んちにはママもいるじゃん」

「それをおびき出して、直を一人にするのがおまえたちの協力」

「……ほんとに押し倒してやっちゃう気?」

充宏の口ぶりには微塵《みじん》も冗談《じょうだん》めいたところがない。香織がおそるおそるたずねると、

充宏はぞっとするような薄ら笑いを浮かべた。

「できないまでも、火ぃつけてやる」

「ミッチー!」

驚いた里佳が叫び声をあげると、そばでじゃれていた信太《のぶた》と儀《ただし》がなんだ、なんだと顔を突っ込んできた。

「なにキャースカやってんだよ、おまえたち」

「パーティードレスの打ち合わせ」

充宏がしれっと答える。

「パーティーって何のパーティーや」

「一人だけいい思いはさせないというパーティーよ、ねぇ」

いつもの調子で充宏は香織たちに笑いかけたが、香織も里佳も顔をこわばらせたまま返事もできないでいる。けれど、そんなふうにパーティーの話はひろまって、参加人数は徐々にふくれあがっていった。

午後の国語の時間、金八先生は充宏を指名し、そのついでにあたかも急に思い出したというように言った。

「あ、そうだ、ミッチーはあとでちょっと残ってくれないか」

「なんでえ?」

「君は日本舞踊《ぶよう》やってたんだろ、お別れ会の演《だ》し物、凝《こ》ったこと考えている先生がいるんでな、ちょっとだけ手ほどき。な、この通りお願いします」

「習ってたと言ったたって小学校までだから」

大げさに頭を下げる金八先生に充宏が気の乗らないそぶりを見せると、横から信太がついてきた。

「ケチ、先生が頼んでるんやさかい、教えてやりぃな」

「その通り、おれたち教わってばかりいたんだから、この際《さい》、思い切っていばりくさって教えてやれよ」

平八郎からも茶々がとぶ。目立ちたがり屋のスガッチがすでに腰を浮かしている。

「先生、おれ、おれ。太鼓《たいこ》ならおれ、教えられるけど」

「サンキュー。けど太鼓じゃないの。日舞《にちぶ》です、日舞」

金八先生はスガッチには見向きもせず、充宏を拝《おが》んだ。悪い気はしないのか、充宏の顔色がいくらか明るくなった。

「けどさ、先生方、どんなものやるの？」

「それはお別れ会までのおたのしみ。ミッチーだけには教えるけどさ、ほかの子はダーメ」

金八先生はおどけて、充宏に目くばせした。

放課後、金八先生に連れられて保健室に来た充宏は、踊りのおさらいというのは作り話だったときいて、金八先生をにらみつけた。

「嘘《うそ》つくなんて、汚ねえよ」

「けど、前にも私は言ったよ、生徒一人一人のためには、教師は時として大ウソをつきますってね。すわんなさい」

充宏は本田先生の方をじろりと見たが、本田先生はそ知らぬ顔でガーゼ類の整理などしている。

「ミッチー、三Bでの積み残しはおまえが一人になったんだ。だから、じっくりと話を聞かせてくれないか」

金八先生の言葉に、充宏はそっぽを向いた。

「ないよ、そんなもの」

「いいから、すわれ!」

しぶしぶすわり、ふてくされたように足を投げだしている充宏に、金八先生はいきなりたずねた。

「直のどこがそんなに憎いんだ?」

「べつに」

充宏は一瞬ちらりと金八先生の顔を見たが、すぐに視線をそらした。

「充宏!」

「先生は、なんでそんなに直の肩ばかり持つのよ」

充宏の声は憎悪《ぞうお》と嫉妬《しっと》に尖《とが》っている。さっぱりして、どちらかといえば単純な儀《ただし》や一寿《かずとし》とはまったく違った空気を、充宏は発散している。金八先生はなかばあきれ、なかば不思議な思いで充宏をみつめた。

「充宏、おまえ、男としての持ち物、ちゃんとぶら下げているのか」

「持ってるわよ、見たいのならいくらでも見せてやるけど。なんで先生はあたしのオチンチンを見たいの? 私は男女《おとこおんな》なんかじゃないわ」

椅子《いす》にだらりともたれ、小ばかにしたような態度で充宏は言う。金八先生は思わず声を荒げていた。

「だったら、私の目を見て、おねえ言葉を使うな!」

「そんなの、私の勝手でしょ」

「じゃあ聞くよ、充宏はほんとは女の子になりたいのか」

金八先生がまじめな表情になる。充宏は口いっぱいに嫌悪《けんお》をこめて吐《は》き捨てた。

「直じゃあるまいし」

「そうか。本気で女になりたいわけじゃないんだな。それなのにおねえ言葉を使うというのは……」

金八先生はつとめて穏やかに語りかけた。

「なぜだい？　教えてくれないか」

「あたしんちには男がいないもん、赤ン坊の時からずーっとおふくろとばあちゃんだけだった。だから男がどんなふうにしゃべるかわかんなかったもん」

充宏も素直《すなお》に答えた。

「それで？」

「それだけ」

「それだけで、直と血みどろに殴《なぐ》り合うほど、憎かったのかい」

金八先生はじっと充宏を見つめ、辛抱《しんぼう》強く言葉を待った。充宏はもはや斜《しゃ》にかまえることはせず、瞳《ひとみ》に憎しみを燃やしながら堰《せき》を切ったように語り始めた。

「……親は私を役者にしたかったんだって。有名になればもうかるとでも思ったのかしら。日舞《にちぶ》やらされて、はじめてのおさらい会で私、かむろを踊ったの。小さかったからよくわからなかったけど、色が白くて顔立ちがよくて、女の子より女っぽいと誉《ほ》められて、私、うれしかった。……けど、小学校に入ったら、それでみんなにいじめられた。だから、日舞なんかやめたいと言ったのに、うちのばばあが石の上にも何年とか言ってやめさせてくれなくて……だから私……いじめっ子に寄ってたかってパンツ脱《ぬ》がされた、男か女か調べてやるって……」

話しながら、充宏は何度もこみあげる涙をのみこんだ。金八先生はついさっきの自分の心ない言葉を悔《く》やんでいた。脳裏《のうり》に、直が教室でやはり充宏にパンツをおろせ、と言ったときの充宏の激昂《げきこう》ぶりがよみがえる。

「そのパンツ、ゴミ箱に捨てられて、フルチンで家に帰った小学生の気持ち、先生なんかにわかるわけないいっ」

金八先生は小さい頃の幸作を思った。姉のまねばかりしていたのが、小学校に入る頃から、急に男言葉を使い始めた。お姉ちゃんのお下がりはいやだと言って泣いた。男のこけんにかかわるというわけだ。幼いながらに男だという意識を強くするその頃、おかっぱの少女姿での踊りは、遊び仲間の目には異様に映っただろう。無知だからこそ、そのからかい方は残酷だったに違いない。金八先生は目の前の充宏が六歳の男の子であるかのように、慰めた。

「ああ、どんなにかくやしかったろうね」

「だから、友だちはあれからずーっと女の子にした。女の子ならおねえ言葉、ゲラゲラ笑って喜ぶだけだったもん」

「だから、いつも女子のカバン持ちやってたのか？」

「喜んでやってたわけじゃないわ、パンツ脱《ぬ》がされるよりはがまんできたもん」

充宏は悔《くや》しそうにうつむいた。

「ごめんだよ、ミッチーがそんな思いをしていたなんて、知らなかった」

金八先生もまたショックを受けていた。小学校時代のいじめが原因だとして、今ではほとんど覚えているものもいないだろうその古い傷を、充宏は中学卒業の今までずっと癒《い》えないままにかかえこんできたのだろうか。いつも香織や美紀たちとふざけているとばかり思っていたが、そうではなかったのだ。今になってみると、いろいろな場面が思いあたる。

金八先生はまったく気づいてやれなかった自分が情《なさ》けなかった。けれど充宏は、金八先生の悔恨《かいこん》の思いなど何の関係もないように、あっさり言った。

「いいのよ、知らなくったって。もう卒業だもん。あたし高校デビューするんだから」

「高校デビュー?」

聞きなれぬ言葉に金八先生が聞き返すと、充宏はいつもの元気に戻って言った。

「そう、きっちりと男子高校生になってみせるわ、耳にもバンバン、ピアス入れて、免許とって皮ジャン着て、バイクもぶっとばす」

たしかに充宏は生まれ変わりたがっていた。これまでのすべてをご破算《はさん》にして、早く新しいスタートを切りたがっている。近づく別れを感じて、名残《なごり》惜しそうに仲間たちと寄り添っているほかの生徒たちと比べて、充宏は教室でもクールだった。別れを惜しむに値《あたい》する友情が充宏の周りにはなかったということなのか。それでも、目を輝かせて未来の自分像を語る充宏に、金八先生は目を細めた。

「そうか、そん時は先生も乗せてくれや」

「私なんかどうでもいいくせに、急に甘い顔しないで」

「いや、ミッチーも直も、私の生徒だ、どうでもいいわけないじゃないか」

「あんな奴」

直ときいて、とたんに憎《にく》にくしげにそっぽを向いた充宏の横顔を、金八先生はじっと眺めた。

「そうか、不思議だなあ」

「何が？」

「ま、先生なんて古いタイプの男の子だったんだろうよ、椅子《いす》は振りまわさなかったけど、そりが合わない奴とは血ヘドが出るまで殴《なぐ》り合ったよ。そして不思議なことに、そいつとはそれまで以上の友だちになった。ミッチーも直とはあれで本当の友だちになれたのではないかと思ったんだけどな」

「あいつが本当の男ならね」

充宏の返事に、本田先生がはっと振り返る。

「直は男だよ。本田先生の講義を聞かなかったのか」

「私はみんなとちがう、信じるもんか！」

充宏は金八先生の言葉をはねかえした。床《ゆか》を見つめる目に再び執念《しゅうねん》深い憎悪《ぞうお》がちらちらと燃えている。

「だから、押し倒して確かめると言うのか？」

充宏はぎくりと目をあげた。

「誰がチクったのかなんて聞くなよ。みんな、おまえのことを心配しているんだ。ミッチーにバカな真似《まね》をさせたくないって、ね」

自分が呼び出された理由が、今はっきりわかった。仲間もみんな直の側についたのだ。充宏はなかば自棄《やけ》になって開き直った。

「女じゃないなんて、やってみなきゃわからないじゃないか」

「やってみなきゃわからない？　で、何がわかりたいんだ、え？」

さすがに一瞬ためらったが、ひきつるような笑いをうかべたかと思うと、充宏は言った。

「うまくいけば子どもができるでしょ」

予想もしなかった充宏のねじれた思いを知って、金八先生は言葉を失った。本田先生もぎょっとしたように充宏を見た。色白の線の細い顔はどことなく神経質で幼いが、体は金八先生や自分よりもずっと大きい。

「腹がでっかくなった男なんて見たこともないし、赤ん坊を産《う》む男なんているもんか。私は直が女だってこと、あいつに思い知らせてやりたいのよ」

そう言いながら、充宏はこみあげる笑いを抑《おさ》えきれないようだった。ヒステリックに笑い続ける充宏の前で、金八先生と本田先生は顔を見合わせた。

ひとしきり充宏を笑わせたあと、本田先生はすっと充宏に歩み寄り、かがみこんで充宏と視線をあわせた。

「そうね、私もそんな男性見たこともないわ。けど、もしも直が妊娠《にんしん》したら、その子はミッチーの子どもよね」

充宏の笑いが一瞬凍《こお》りついた。

「まだ適合手術を受けられないけど、脳と心は男である直が、大きくなってゆくお腹《なか》を抱えてどれほど苦しむか、私の想像を絶するわ。けど、ミッチーは、その子の父親として直を支えてくれるのね」

「そんなこと……」

充宏は狼狽《ろうばい》した。本田先生は、充宏が考えもしなかった事実をついた。口調は静かだったが、本田先生の目は真っ赤だった。途端《とたん》に自信をなくした充宏を、金八先生がさらに追いつめる。

「何がそんなことだ、親になるとはそういうことなんだよ」

「ううん、私はただ……」

「セックスするというのは、親になる可能性があるということなの、そのくらいはわかっているでしょ」

本田先生の真剣なまなざしを避けるように、充宏の視線はうろうろと宙《ちゅう》をさまよった。それは迷子《まいご》のように頼りない視線だった。教室で直ばかりがちやほやされる、と非難した充宏――。何か注意すると、自分ばかりが悪者《わるもの》にされると抗議した充宏。今、目の前に落ち着きなく、半泣きですわっている充宏を見ているうちに、金八先生は充宏のさびしい真実に思い当たった。充宏の言葉がたんに嫉妬《しっと》と甘えから出たものではなく、心に巣食った深い空虚と自信のなさから出たものであったことを。

金八先生は充宏を正面から見すえたまま、言った。

「ミッチー、ひどいこと言うけど勘弁《かんべん》しろよ。おまえの父親という人は、お母さんとセックスだけして、その結果を考えなかったんだろうか。だから、おまえの家《うち》にはずーっと男の人がいなかったのか。だから、おまえは父親とは何であるかを知らなかったんだな」

「やめろーっ」

さえぎった充宏の声は、しかし力なく涙にのまれた。かまわず続ける金八先生の声は低く、限りなくやさしかった。

「だから、時には母親を責め、時にはまだ見ぬ父親を憎んで、男を毛嫌《けぎら》いしてきた。そして、その両方を思わせる直を許せなかった」

「だって、だって、だって！」

「日舞《にちぶ》でいじめられた話も、本当だろう。けどおまえは、本当の自分になれず、おねえ言葉で男と女の間に逃げていたんだね」

充宏は黙って、ただ激しくかぶりを振った。しかし、金八先生の言葉は、充宏をとらえて、逃がそうとしない。

「自分に正直になれ、ミッチー。勇気を出して、オレの父親は誰だとお母さんに聞いてみろ。どんな事情があったか知らないけれど、お母さんは必ず本当のことを話してくれるはずだ。なぜなら、相手の同意がなくても、おまえがもう、人の子の親にもなれる青年になったからだ」

充宏は肩をふるわせて、激しくしゃくりあげた。抑《おさ》えようとしても、食いしばった唇《くちびる》から嗚咽《おえつ》が漏れた。

「私も二度と直と仲直りしろとは言わない。けど、直を襲《おそ》うなどしてくれるな。殴《なぐ》り合えば、体力的に直がかなわないのはわかっている。けど、死んでも直はおまえに体を開かないぞ。そしたらどうなるか。娘を殺された政則のお父さんが人を刺したように、直の母親もまたおまえを刺さないともかぎらないんだ。罪をつくっちゃいかんのだよ、ミッチー」

「おれは、おれはどうしたらいいんだよ!」

涙に濡《ぬ》れた顔で、充宏はあえぐように叫んだ。

「かわいそうだけれど、どうしてやることもできない。だが、こうしてはやれる」

金八先生は、ぐいと充宏の体を引き寄せて抱きしめた。

「私の胸でよければ、好きなだけ泣け。うちの坊主《ぼうず》も早く母親に死なれたから、母親を知らない。だから、ここしか泣くところがなかったんだ。ウソっこだけど、おまえもおれが父親だと思って、泣きたいだけここで泣け」

充宏は金八先生にしがみついて号泣《ごうきゅう》した。金八先生の胸から父親の匂《にお》いを嗅《か》ぎとったように、充宏は幼児の心に戻っていった。金八先生も背にまわした手に力をこめ、またいっしょに泣いた。春の夕暮れが保健室を蜂蜜《はちみつ》色に染《そ》めていた。

夜、疲労で足を引きずり気味に、金八先生は家へ帰ってきた。ふっと吐息《といき》をついて、玄関の扉を開けると、とろけそうな笑顔の幸作に出迎えられた。

「お帰りぃ」

「おう、おまえもお帰りぃ……なんだけど、台所仕事なんかしていいのかよ」

エプロン姿で菜箸《さいばし》を手にした幸作は、いいの、いいのと笑う。乙女がとめてもきかないのだという。

「いや、まったくわが家は男女共同参画《さんかく》家族の鑑《かがみ》だな」

協力して作った夕飯の並ぶ食卓をかこみ、上機嫌《じょうきげん》の久しぶりに三人そろった夕飯にはしゃぎ、笑った。幸作の顔を見ているだけで、すべての疲れが吹っ飛ぶ気がする。乾杯《かんぱい》をしようとすると、幸作がやにわに居ずまいをただしてすわりなおし、頭を下げた。

「父ちゃん、ほんとにご心配をかけました。今日、こうやって帰って来られたのは、ほんと、父ちゃんと姉ちゃんのおかげです。ありがとうございました」

「バカチンが……えらそうに挨拶《あいさつ》できたけど、あと五年、油断《ゆだん》はできないんだぞ」

そう言いながら、金八先生は溢《あふ》れる涙を隠すように、横をむいた。

「わかってる、がんばる」

「約束だからね、お母ちゃんが証人だから」

乙女が涙ぐんだ笑顔で、飾られた里美先生の遺影《いえい》を見やって言う。三人は、微笑《ほほえ》む里見先生に向けて、グラスをかかげ、乾杯した。

「じゃあ、メシにしようよ、腹ペコだ」

感傷をふっきるように金八先生が言うと、幸作は好物ばかりが並んだ退院祝いの食卓を見渡して、勢いこんで箸《はし》をにぎった。久しぶりに明るい雰囲気《ふんいき》が食卓をつつみ、湯気《ゆげ》と笑い声がいっしょになってたちのぼった。

この日の団欒《だんらん》をインターホンの音で中断したのは、北先生だった。坂本家にとっては珍しい客だ。幸作が元担任に、愛想《あいそ》よく挨拶《あいさつ》をする。奥に通された北先生は、退院祝いを邪魔したことをしきりと詫《わ》びた。

「かまいませんよ。われわれお互い時間がありませんが、あいつはこれからずーっと家にいるわけですから」

金八先生はいっしょに食卓を囲まないかと誘《さそ》ったが、北先生は恐縮して断《ことわ》り、さらに身を小さくした。職員室での自信家で皮肉屋の北先生とは別人のようだ。

「ひと言だけご了解をいただいて、すぐに失礼します」

北先生のまじめな顔を見て、金八先生はそれ以上すすめることはせず、北先生を奥の部屋へ通した。

「今度の人事異動《いどう》の件です。自分にはとても真似《まね》できないと思いつつ、教師のあるべき姿として、私は坂本先生の学校そして生徒に対する姿勢を心底《しんそこ》尊敬してきました。しかし今度のことは、先生について行けない自分が情《なさけ》なくて申しわけなくて、この通りです」

そう言うなり、北先生は両手をついてがばと頭をさげた。

「なにをなさるんですか」

金八先生はあわてたが、北先生は苦渋《くじゅう》に満ちた表情で必死に詫《わ》びるのだった。同僚たちに口外してくれるなと言った千田校長も、北先生にだけは話したのだろう。校長は、北先生も喜んで金八先生の異動を受け入れると思ったのかもしれない。けれど、校長に対する絶対服従とも見える北先生の態度は、実はうわべでの処世《しょせい》の術でしかない。

長男が有名私立に合格したときは、鼻高だかだった北先生も、その下の長女が思いもよらぬ脱線をしたときは、迷い、苦しんだ。その苦しみに耳を傾け、教室で立ち往生した北先生をサポートしてくれたのは、金八先生や乾先生ら同僚教師である。桜中学で金八先生たちと議論を交わし、もまれる中で、北先生の教師としての信条は複雑に変化していった。金八先生や乾《いぬい》先生は、体当たりの現場主義だ。けれど、北先生にとっては、もっと大きな構図を描く学校運営の方が魅力だ。管理職をめざす以上、校長から高い査定《さてい》を受けることが必要になる。そのためにこそ、北先生は不満をのみこんで、妥協《だきょう》もしてきたのだった。

北先生が昇格したがっていると知って、花子先生やライダー小田切ら若手教師は、生臭《なまぐさ》いものを見たように嫌《いや》な顔をする。しかし金八先生には、北先生の気持ちがわからないではない。校長とぶつかりあっている父親を見て、乙女は、お父ちゃんが校長になればいい、そうしたら学校をもっとよくできるのに、と言った。確かに、自分が校長であれば、校内での無駄な争いはなくなるに違いない。けれど、金八先生は担任をはずれるのも、他の教師たちを査定《さてい》するのもいやだった。腹の立つ教師を何人も見てきてはいたが、しかし何をもって不適格と決めるのか、人を査定する仕事は、自分にはできないと金八先生は思う。今は最大の理解者である乾先生だって、若い頃は互いを否定してさんざんにやりあった仲なのだ。

「みんなの反対の声は目に見えています。考えたのですが、私にはその時、他の人たちと同調する自信がありません。いや、先生に去って欲しくないという気持ちは、乾《いぬい》先生にも本田先生にも絶対に負けません、しかし……」

苦しげに告白する北先生に、金八先生は、どうか頭をあげてくれるようにと頼んだ。和田教育長から事情を聞いた以上、金八先生はもう内示《ないじ》に抵抗するつもりはなかった。むろん、同僚たちに反対運動を期待するつもりもない。ただ、自分に対する北先生の気持ちを知ったことがうれしかった。

「わかっていますとも。これまでだって、北先生にはどれほど力を貸していただいたことか。それに、奥さんのお母さんのお加減《かげん》が悪いと聞いていますし」

けれど北先生は、自分を責め続けた。

「そんなことは理由にはなりませんよ」

「いや、立派な理由です。北先生まで動くようなことになったら、桜中学はどうなるのですか。それに、新しい学校で一家の主《あるじ》が苦闘《くとう》すれば、ご病人にもさわるし、それで奥さんが倒れでもしたら、家の中は滅茶苦茶《めちゃくちゃ》ですよ」

「しかし……」

「いや、幸いわが家では幸作が帰って来ました。それだって、北先生たちが校務分掌《ぶんしょう》を肩代わりしたり、激励してくださったおかげです。ほんとうにありがとうございました」

金八先生が改まって頭を下げると、北先生は顔をゆがませ、袖《そで》でぐいと目のあたりをこすった。

「坂本先生、私は今、自分で自分が情けなくて……」

ふだん弱味を見せることのない北先生の涙に、金八先生もついほろりとなる。桜中学では、自分のように熱くなって正面を突破しようとするタイプの教師と、北先生のように冷静に状況を見きわめて摩擦《まさつ》を避けようとする教師とで、バランスがとれていたのだ。同僚から憎まれ役をかってでも間に入っていた北先生がいなければ、校長とのぶつかり合いはもっと激しく、直や政則のことも早々《そうそう》に暗礁《あんしょう》に乗り上げていたかもしれない。北先生を見る金八先生のまなざしには、信頼がこもっていた。

「人生、いろいろ乗り越えなければならないヤマがあるんです。私にも北先生にも。だからお願いします。私は千田校長に対抗してゆくスクラムをいっしょに組めなくなりますが、教頭先生を、どうぞよろしくお願いします」

「坂本先生……」

その後、二人は言葉少なく、少し早めの別れの杯《さかずき》を交わした。

その日、成美《なるみ》は朝から料理の腕をふるい、はりきっていた。直が最後に家に友だちを連れてきたのはいつだったろうか。ずっと孤独だった直のところへ、クラスの友だちが、それも大勢やって来ると聞いて、成美は驚くばかりだった。昼過ぎ頃から、あかねや繭子《まゆこ》、直美《なおみ》らがひと足早く手伝いに来た。色とりどりのエプロンをつけ、笑いさざめきながら作業をする少女たちの華《はな》やいだ姿を目の当《ま》たりにして、あらためて成美は直は男の子なのだと思う。やがて、賢《けん》と平八郎、信太《のぶた》と儀《ただし》、一寿《かずとし》、政則や哲郎たちもやってきた。直が珍しく声をあげて笑っている。

広いテーブルはご馳走《ちそう》やケーキでいっぱいになった。里佳《りか》と香織《かおり》、奈美《なみ》も遠慮《えんりょ》がちにテーブルを囲んでいた。美紀から充宏はバカなまねは思い直したと聞いて、三人は胸をなでおろした。けれど、言い出しっぺの充宏が、約束の時間になってもやってこない。時計の針が進むにつれ、三人の胸を不安の黒雲がおおっていく。

「腹減《へ》ったなあ」

「もうよだれが出っぱなし」

平八郎や一寿はうらめしそうに、ご馳走の皿を眺めていた。

美紀は土手の上からあたりを見渡しながら歩いてきて、水辺《みずべ》にしゃがみこむ充宏のさびしい背中を見つけた。どんなに遠くても、それが充宏の背中だと美紀にはすぐにわかる。美紀はまっすぐに近づいていった。怪訝《けげん》な顔で見上げる充宏に、美紀はぶっきらぼうに言った。

「おまえを連れて行けと、先生に頼まれた」

しかし充宏は弱々しくうなだれてしゃがんでいる。

「里佳も香織も行っている。おまえがバカなことは思い直したと言ってやったら、安心していた。あとは顔を見せるだけでいい」

充宏は返事をしなかった。里佳と香織ときいて、再び自分のしたことが取り返しのつかないような気がしてきた。憎悪《ぞうお》の炎《ほのお》が消えたあとには、灰色の敗北感だけが残り、その姿を仲間にさらすのもためらわれた。

「もちろん、ほんとに仲直りできたら最高、できなくても行かなきゃ後悔《こうかい》が残るだけだよ」

なおも黙りこくっている充宏に、美紀はついに強い調子で言う。

「今日一日だけ、ボスの座は返してもらう。さあ来いよ」

「なら、行くよ。おれにはボスの座なんて、とてもとても」

昔と同じ乱暴な美紀の口ぶりに友情を感じ、充宏は重い腰をあげた。美紀は以前と同じようにずんずん先を歩き始めた。

川沿いにひたすらまっすぐ歩いていけば、直のマンションに突き当たる。平たい景色の中に一つだけそびえたつ高層マンションは、日をあびて光っていた。歩きながら美紀がぼそっと言った。

「けど、先生も調子が良すぎる」

「なんでさ」

「私のお父さんがわりになってくれたり、ミッチーの父親になったり、大変だ」

美紀の言葉は乱暴だが、その口調には親しみがこもっていた。充宏はさぐるように美紀の目を見つめた。美紀は充宏と目があって、はじめて励ましの笑顔を見せた。充宏も笑顔を返し、二人は肩を並べていっしょに歩いていった。

直は賢をそっと自室へ案内した。ベッドと勉強机とキーボードがならび、空いたスペースに真っ赤なパンチングボールとくたびれたサンドバッグがぶら下がっている。机の上には電源の入ったデスクトップ型のパソコンの電源ボタンが、生き物のように目を光らせていた。無機質なインテリアの部屋を見回して、賢は感慨《かんがい》深くため息をついた。

「……納得《なっとく》、ここがイエスタデイの発信基地か」

「うん」

「横浜の中学生だなんて、ウソつきやがって」

賢の口調《くちょう》の男友だちに対するのと同じ飾りのない親《した》しさが、直にはうれしかった。

「だってよ、あの時はまだ」

「まだイエスタデイだったんだもんな」

賢はにっこり笑うと、語調を変え、機械音をまねて言った。

「トゥモローへ、困ったことがあったら何でも言って来い、ハセケン」

直が同じ口調《くちょう》をまねて答えた。

「ハセケンへ、おれたち友だちになれてうれしいよ。困ったことがあったら何でも言って来い。あかねを泣かすな、トゥモローより」

バチン！　直がパンチングボールをたたき、二人は互いの顔に信頼の笑みを見た。廊下の方から成美の呼び声がきこえる。

「直！　直！　またお友だちがいらしたわよ」

連れだって現れたのは、美紀と充宏だ。

「おそくなっちゃって……」

申しわけなさそうに言う美紀を、直は笑顔で迎えた。

「ううん、待ってたんだ」

充宏はまだ中へ入るのをためらって、美紀の背に半分隠れて立っている。ばつが悪そうに小さくなっている充宏を、直は手をとってぐいっと中へ引き入れた。

「母さん、こいつがミッチー。少し痛い思いをさせられたけど、こいつが三Bの前でボクを男にしてくれたんだ」

あっけにとられている充宏に、成美はにっこりと笑いかけた。

「そう、ほんとにありがとう。さあ、こちらにどうぞ」

屈託《くったく》なく向けられた直の視線を受け止め、充宏はふと泣きそうになるのをこらえ、悪びれずに挨拶《あいさつ》を返した。

「直のパンチもかなり効《き》きました」

直の背後から賢が言う。

「あたり前さ、直の部屋はパンチングボールもサンドバッグもありのジムなんだぜ」

出迎えに出てきた一同から驚きの声があがって、直は照れくさそうに笑った。

「ケンカふっかけなくてよかったあ」

一寿《かずとし》の安堵《あんど》の声に場がなごみ、互いのパンチの威力を知っている直と充宏は微笑を交わした。パーティーの顔ぶれが全員そろい、荒川の流れを見下ろすリビングで、直美と美紀、充宏、直は、それぞれのグラスのふちをカチリとあわせた。それは、仲間が見守るなかで行われた、なごやかで盛大《せいだい》な〝手打ち式〟だった。


和田校長から打診《だしん》された教育委員会での仕事が、具体的にどんなものとなっていくのか、金八先生にははっきりとは予測がつかない。けれど、思いがけず北先生と話し、金八先生の心は決まりつつあった。金八先生の決心を急《せ》かすように、和田教育長からはすぐにまた呼び出しがかかった。空き時間をぬって教育委員会を訪ねると、教育長とともに待っていたのは、目の奥に怒りをくすぶらせた千田校長だった。自分の思惑《おもわく》通りと思っていた金八先生の異動《いどう》先が、荒谷二中ではなく、教育委員会であったこと、またその話が自分をとびこえて教育長と金八先生の間で直接にとりかわされたことが気にくわないのだろう。

「千田くんが最後にあなたと話し合っておきたいと言うので、ご足労《そくろう》かけました」

教育長はそう言うと、二人を残して部屋を出て行った。千田校長をひと目見るなり、金八先生は彼の怒りを察したが、そしらぬふりでたずねた。

「何か？」

「内示《ないじ》を拒否しておきながら、君はなんで教育長の言うことなら受け入れるんだ」

隣室へもれることをおそれ、低くおさえた校長の声がふるえている。金八先生はまったく動《どう》じずに、きっぱりと言った。

「私の考え方にご理解がある教育長だからです」

「そうですか。それで私の何を批判してみせたのですか」

「校長先生、批判というのは次の良いものを生み出すためにするものでしょう。子どもの告げ口ではあるまいし、批判というなら、これまで桜中学の中で思うことを述べてきました。それがお気に召さなくて、今度の内示だったと理解しておりますが」

金八先生はよく響く声で言った。みるみる校長の額《ひたい》に血管が浮き上がる。

「坂本先生、私は管理職です。学校経営の責任者です。いくら君が桜中学での古参《こさん》だからと言って、校長の指示にいちいち反発していては校長としての責任がまっとうできません」

「学校とは、校長一人でも、また教師だけでも成立しません。地域も子どもも生きものです。私たちは共に呼吸をしつつ高め合って行きたいと考えてきました」

金八先生は負けずに言い返した。けれど、千田校長は金八先生の理想を鼻で笑って、目の前の熱血教師をにらみつけた。

「そんなのんきなことを言っている時代じゃないんだよ、君。学区もこれから取りはらわれて、学校どうし競争の時代に入ってゆく。状況はますますきびしくなっていくんだ。ゆとりと学力が両立すると思っているのかね、君は」

なるほど、それで校長はなんとしても自分を今年度のうちに追い出したかったのだろうと金八先生は直感した。学区が取りはらわれれば、偏差値ごとの学校間の格差がくっきりと数字で出される。学校での生徒たちの成績が、すなわち自分の評価だと思っている校長にとっては一大事である。しかし金八先生は、そんな校長の方針につきあうつもりは毛頭《もうとう》ない。

「それを両立させるのがわれわれの務《つと》めであり、力量ではないのでしょうか」

「その通り。私は松ケ崎中学での管理職としての力量を認められたからこそ、校長に昇格して桜中学に赴任《ふにん》した。しかし、地域とは何かね、事あるごとに町会長まで口を出し、町会の寄り合いには必ず顔を出すべしとは、学校をバカにするにも程《ほど》がある」

校長は、町会に出るようにと要請《ようせい》されたときの屈辱《くつじょく》を思い出したらしく、唇《くちびる》をわななかせたが、金八先生は穏やかに答えた。

「子どもたちは地域の中にいるのです。地域の人と語り合えば、おのずと子どもたちの生活が分かります。子どもたちがいったん校門を出たら、あとは親と地域の責任です。したがって私は、地域と学校は子どもの育成にとって車の両輪だと考えているのです」

「それは責任転嫁《てんか》だ！」

「だったら、何で特定の塾に子どもの土曜日曜をゆだねようとなさっているのですかっ」

とつぜん声を荒げた金八先生の剣幕に、校長はたじろぎ、それは文科《もんか》省の方針があるから、と言葉をにごした。

「いいえ、文科省は進学塾での新たな競争と詰《つ》め込みは好ましくないと言っています。求められているのは子どもの居《い》場所です。だからこそＰＴＡにもご協力願って、土日の交流を活発にしたい。そこに総合的学習の方向と成果が生まれるのではないでしょうか」

教育をめぐる議論となると、金八先生は水を得た魚のように、語り続ける。校長はだんだん、言い返す勢いがなくなってきた。

「そ、その結果、中学生が修得《しゅうとく》すべき基礎学力も積み残して高校へ送り込む。それが恥だとは思わんのかね、君は」

「お言葉ですが、本校には積み残しをよしとする教師は一人もおりません！」

「性同一性障害についての授業にえらく力を入れてたけど、それと基礎学力とどういう関係があるんですか」

「失礼ですが、話になりませんね。子どもの一人一人が生命誕生の不思議を知り、一人一人が相手の存在を大切にし、犯《おか》すべからざる人間の尊厳を理解する。そもそも学問の始まりは、それを探求することによって科学の進歩、芸術の発展を見てきたのではないでしょうか。根本《こんぽん》はまず人間です。私たちはまさに発展途上の人間と日々接している職業です。進学塾に子どもを丸投げして、どんな学力がつくというのですか。成績至上《しじょう》主義のいい子だけを生産しようとしたことのひずみが、今この国に大きな反省を求めているのではありませんか」

千田校長は黙って、悔《くや》しそうに目をむいて金八先生をにらんでいたが、やがて皮肉《ひにく》っぽく口を開いた。

「わかりました。やはり、あなたには桜中学を去ってもらうしかありませんでしたな」

校長との議論は、どこまでもいっても平行線だった。金八先生は急に疲れを感じた。覚悟を決めたものの、一人で風に吹かれての帰り道、やはり金八先生の心は重かった。愛してやまない教壇を離れて、自分はどうしようというのだろう。遠くに校舎の見える土手の道までできて、金八先生は大きなため息をついた。ふと見ると、前方に二人連れの影がある。乙女と幸作だ。二人は並んで立ち、春とはいえまだ冷たい川風に吹かれながら、じっと川面《かわも》を眺めていた。

「おーい」

金八先生は大きく手を振りながら、走り寄って行った。

「お父ちゃん、どうしたの？　こんな時間に」

乙女は目をまるくしてたずねたが、金八先生が答えを濁《にご》すと、それ以上は聞かなかった。父親の疲労を一瞬に読み取ったのだ。三人はゆっくりと並んで歩いて行った。

「ね、私、ずいぶん長いことこの土手をゆっくりと散歩してなかったみたい」

「ああ、みんないろいろあって、いろいろ忙しかったからねえ」

家族三人でまたこうして歩けるなんて、いまだに信じられない思いだった。長らく無菌《むきん》室に、その後も病院に閉《と》じ込められていた幸作は、つくづくと川の流れに目をやった。

「けど……この川はぜんぜん変わってない」

金八先生が、どさっと枯れ草の上にすわり込むと、幸作も乙女も並んですわった。三人はしばらく無言で、光の粒子《りゅうし》をきらめかせて流れる荒川の水面《みなも》を眺めていた。

「いや、変わってないようで変わってるんだよ、幸作も、乙女も、この川も」

金八先生がゆっくりとつぶやいた。

「そうかなあ」

首をかしげる幸作に、乙女がほほえんだ。

「ただジタバタ見えないのが、この川のすばらしいところなのかな」

金八先生ははっとして乙女を見やった。自分の心を娘に見透《す》かされたような気がしたのだ。けれど、乙女はじっと流れに目を向けたままだ。

「うん、涙も喜びも何もかもゆったりとのみ込んで流れて行く。けれど」

「けれど、そのすべてをまた、川底にも川岸にもしっかり記憶させている、かな?」

言葉をひきとってそう言うと、乙女は澄んだ目で父親を見た。

「そうだねえ」

遠くから、学校のチャイムの音がこだましてきた。金八先生が時計を見て立ち上がると、幸作もいっしょに立った。

「学校に帰るんなら、送って行くよ。散歩がてら」

「散歩がてらか。悪くないねえ、子どもに送ってもらう学校の先生というのも」

金八先生はおかしそうに笑った。乙女もくっくっと笑いながら、寄り添って言った。

「どこへ異動《いどう》になっても、この川はいつもそばにいるもんね」

乙女の言葉が、迷う金八先生の背中を押した。金八先生は二人の子と並び、穏やかな気持ちで学校へ戻っていった。

Ⅳ　桜中学を去る日

直の答辞で突然、金八先生の異動が明らかとなり、卒業式は混乱のなか中断、教師たちと保護者、地域の人たち、それに卒業生まで加わり、校長に詰め寄った。

いよいよ明日は卒業式を迎える。体育館からはソーラン節《ぶし》のテープが流れ、三Bたちの力いっぱいの掛け声が外まで響いてくる。お別れ会で披露《ひろう》するための練習だ。文化祭の時には健次郎たち旧三Bの猛特訓《とっくん》を受け、観客のため息がきこえるほどの完ぺきな仕上がりだったのが、久しぶりに踊ってみると、テンポもずれ、振りも間違え、思うように呼吸があわない。

「文化祭のときにはバッチシできたのに、どうなってんだ？」

三Bたちは嘆《なげ》きながら、何度もテープをかけなおした。受験が終わってから、三Bは大激震《げきしん》つづきで、ソーランの練習どころではなかったのだ。

「署名とかカンパ活動。あと、直についての勉強会もあったし、しょうがないよ」

江里子が誰にともなく言うと、そばにいた直がすぐに反応した。

「時間とらせて悪かったよ」

「そういう意味じゃねえよ」

フォローの健介《けんすけ》にも、直は遠慮がない。

「でも、オレはみんなと一緒に卒業できるかもしれないと思って、自主トレやってた」

「そのくせ自分たちはパーティーの時間とったくせにぃ」

直の家に行けなかった美保が、文句《もんく》を言う。その口調《くちょう》には、いつの間にか直に対する垣根がとれ、ついこの間までぎくしゃくした対話しか成立しなかったことが嘘《うそ》のようだ。通し練習を続けるうちに、三Bたちは文化祭の頃の勘《かん》を取り戻していった。その迫力のある踊りを、二年生たちが少しうらやましそうに眺めている。皆が必死で練習に励《はげ》んでいるころ、政則は金八先生に連れられて久しぶりに父をたずねていた。

はじめて来る刑務所の長い塀《へい》にそって歩きながら、政則は次第に無口になっていた。中央で二つに仕切られた面会室に通され、緊張してすわっていると、向こう側の服役《ふくえき》者用のドアから看守《かんしゅ》に付き添われた政之《まさゆき》が入ってきた。丸刈りの頭に灰色の刑務服。やつれた顔の政之は、政則の知っている父とは別人のようだ。息子の姿を認め，政之はじっと熱い目で見ると、金八先生に向かって頭をさげた。

「坂本先生……なんとお礼を申し上げてよいのか」

「いえ。まず政則くんの報告を聞いてやってください」

金八先生は励ますように政則を見たが、政則は変わり果てた父の姿がショックで、なかなか言葉が出なかった。父の孤独な苦しみが、痩《や》せてしまったその顔にくっきりと刻《きざ》まれていた。政則は胸がいっぱいになり、なかなか言葉が見つからない。

いとおしそうに政則を眺める政之の瞳《ひとみ》はうるんでいる。

「大きくなったなあ……。おまえのことは、坂本先生から折りにふれて様子《ようす》は知らせていただいていたよ」

「はい」

「登美子《とみこ》を襲《おそ》った安岡という男を、おまえが突きとめたということ、出版社を相手に裁判でたたかうことも教えていただいた」

「しかし、今度の政則くんは立派でした」

金八先生が力をこめて言う。ようやく、政則が口を開いた。

「先生がクラスのみんなに、本当のことを話す勇気と機会をくれたからです。みんなわかってくれました。そして」

「うん」

「弁護士をしている長谷川君のお父さんが味方になってくれて、僕は名誉毀損《きそん》でたたかいます」

「うん」

「裁判がどんなに長くかかっても僕は頑張ります。だって明日、友だちになってくれた三Bのみんなと一緒に桜中学を卒業できるから」

「おめでとう」

政之は声をつまらせ、祝福した。明るいやんちゃ坊主だった子どもが、いつのまにか、思慮《しりよ》深いまなざしでまっすぐに立つ少年になっていることに、政之は驚くばかりだった。そして政之は、金八先生に幾度お礼を言っても、気がすまないようだ。

「いや、私にも娘がおります、娘が同じような毒牙《どくが》にかかったらと思うと、他人ごとではありませんでした。なさってしまったことはともあれ、父親としての気持ちは何ら成迫《なるさこ》先生とは変わりません」

今回、幸作の入院で息子の死を思う、そのたびに、娘をなくした成迫先生のことも思い出されて、金八先生は胸が痛かった。乙女の帰りが遅い日などは、いてもたってもいられないほど心配になった。

自分が起こした事件は、政則の人生も人を信頼する心をもねじまげてしまったのではないかとおそれていただけに、政之にとって、大人《おとな》びて凛《りん》とした政則の姿は最高の喜びだった。政之は立ち直った政則の姿を喜ぶ一方で、息子からあどけなさをうばい、早すぎる成長を強《し》いた自分の罪の重さを思った。

「ほんとにつらい思いをさせてしまったね。おまえが転校しなければならなくなるたびに、身を切られる思いがした。……ほんとにすまなかった」

「いいえ、僕は安岡にナイフを向けられたとき、父さんのことを思いました。僕は安岡が許せなかった……でも、だからといって、そんなに命を軽く考えるなと坂本先生に叱《しか》られました。そして助けてもらいました、お父さん」

「うん」

やつれた父親の限りなく優しい目を見て、政則の胸は張り裂《さ》けそうだった。

「本当は会いたかった、会いたかったです。でも……」

「もういいよ、会いに来てくれたじゃないか、おまえの気持ちはわかっているよ。父さんだってどれほど会いたかったたか」

濡《ぬ》れたまつげを伏せてこっくりうなずく政則に、政之は言った。

「あとは負けないことだ。そしておまえを支えてくれた桜中学の友だちを生涯《しょうがい》の友として大切に思ってくれ」

それは政則への励ましであり、父としての祈りだった。政之の事件は、一部は正当防衛でもあったし、確定した刑期より少し早めに出られることになりそうだという。政之はそれをありがたく受け入れたいと思うと話した。

「はじめは辞退《じたい》するつもりでした。しかし、こんな私でも社会の隅《すみ》できっと何らかのお役に立つことがあるはずだと考えて」

おのれの罪を重さに打ちのめされ、あえて控訴《こうそ》をしなかった政之だが、一歩を踏み出した息子に励まされるように、自分もまた前向きに歩き出そうとしていた。金八先生は成迫先生の気持ちの変化を心から喜んだ。成迫先生は議論になれば闊達《かったつ》な話しぶりで、昔、服部《はっとり》先生たちと開いていた勉強会では、金八先生もおおいに刺激を受けたものである。金八先生はなんとか成迫先生に立ち直ってもらいたくて、力をこめて言った。

「そうですとも、痛みを知った人こそ迷っている若者の力になれるのだと思います。先生を待っている子は政則君だけではない、町にはいくらでもいるはずです」

「ありがとうございます。これでいろいろ心の整理ができましたが、ただ一つ心残りなのは、友田勉《つとむ》の墓へ参ってやれないことだけが……」

「はい、差し出がましくはありましたが、私が代わりにお参りを」

「先生が？」

「といってもお盆《ぼん》だけですが、友田くんと登美子さんのお墓に花だけを」

思いがけない金八先生の返事に、成迫先生は両手をついて頭を下げた。その両肩が小刻《きざ》みに震《ふる》えている。

「父さん、今度は僕がお参りします。高校へ行ったらバイトもするので、来られない時は手紙を書きます」

政則の言葉に強くうなずきながら、成迫先生は長いこと頭を下げていた。金八先生はその震える肩を静かに見つめた。やがて、看守《かんしゅ》が時間を告げた。あまりにも短い面会時間だった。礼を言い、ドアの向こうへ去ろうとする父親の背中に、政則は思わず立ち上がって叫んでいた。

「がんばろうね、お父さん！」

成迫先生は振り返り、仕切りガラスにあてた政則の手に自分の手をあてた。こらえていた涙が政則の頬《ほお》を伝《つた》い落ちる。この光景を見たことがある、と金八先生は思う。それは、無菌室《むきん》のビニールカーテン越しに掌《てのひら》を重ねた自分と幸作の姿だった。

金八先生と政則が学校へ戻ってきたとき、三Bは最後の大掃除の真《ま》っ最中《さいちゅう》だった。

「こら、そこはもう掃いて拭《ふ》いたんだぞ」

ハタキを振り回してチャンバラごっこの健富《けんとみ》とチューに充宏《みつひろ》が怒るが、二人はかまわずにふざけている。充宏がため息をつくと、離れたところで雑巾《ぞうきん》をしぼっていた美紀《みき》の声がとんだ。

「立つ鳥、後を濁《にご》さず。濁したまま平気なヤツは一緒に卒業する気がないんだよ。いつまでもやってろ、なっ、健富！　チュー！」

「うへえ」

美紀の一喝《いっかつ》に健富とチューは、肩をすくめてたちまち掃除の部署《ぶしょ》に戻った。充宏は感心したように、あらためて美紀を眺めて言った。

「美紀、やっぱ、あたしとは迫力がちがうわ」

「ボケ」

軽くあしらい、美紀はせっせと雑巾をしぼって、手のあいている男子に投げてやった。床《ゆか》の雑巾がけ隊のほか、ロッカーの中身を整理したり、窓を拭《ふ》いたり、と並行《へいこう》して作業は進んでいた。

「アッアッアー」

突然叫び声をあげたのは一寿《かずとし》だ。花瓶《かびん》を移動させようとして、濡《ぬ》れた床《ゆか》に足をとられたのだ。転びながら投げ出された花瓶をつかもうとして、同時に手を出した恭子と健介《けんすけ》が鈍《にぶ》い音をたてて鉢合《はち》わせした。よろめきながらも健介はなんとか花瓶をキャッチしたが、運悪く、まっしぐらに雑巾がけをしながら走ってきた哲郎に足をすくわれた。

「ああーっ」

見守っていた一同の叫びとともに再び花瓶は宙《ちゅう》を舞い、弧《こ》を描いて落ちようとするところを、里佳《りか》が必死のスライディングで受け止めた。思わず歓声と拍手が起こり、里佳がVサインをしたのもつかのま、花瓶の中からするすると蜘蛛《くも》が滑《すべ》り出ると、里佳は引き裂《さ》く悲鳴とともに花瓶を投げ出し、次の瞬間、花瓶は里佳の足もとで粉《こな》ごなになった。

「あーあ」

皆が落胆《らくたん》の声をもらす。里佳はその場にたちすくんだまま、泣き出してしまった。見回りの校長が三Bの教室から聞こえてくる騒ぎに、何ごとかと入ってきて苦《にが》い顔で床《ゆか》の破片《はへん》と里佳を見た。

「やあ、間にあった、間にあった！　遅くなってごめん！」

金八先生が駆けこんできたのは、ちょうどそんな気まずい雰囲気《ふんいき》の時だった。金八先生がやってくると、傲然《ごうぜん》と立っていた校長はひと言も口をきかずに教室を出て行った。その姿を見送って、弘城《ひろき》は屈託《くったく》ない瞳《ひとみ》で金八先生にたずねた。

「ケンカしたの？」

「まさか」

金八先生はぎくりとしてあわてて首を振った。けれど、チューは誰《だれ》にともなく憎《にく》にくしげにつぶやいた。

「あいつは、金八先生のことが嫌いなんだよ、おれにはわかる」

「先生、ごめんなさい。これ、壊《こわ》しちゃった」

泣きじゃくる里佳を皆が口ぐちにかばい、あやまったり、説明したりしはじめた。金八先生はその様子《ようす》をほほえましく眺め、里佳の背中を軽くたたいた。

「いいよ、いいよ。わざと割ったわけじゃないんだろう」

それぞれの顔に安堵《あんど》が浮かび、金八先生と政則も混《ま》じって大掃除を再開した。床も壁も拭き清められ、三Bたちの生活の痕跡《こんせき》は次々と消し去られ、やがて、なんとなくがらんとした、四月はじめて入ったときと同じ教室に戻った。

掃除が終わり、磨《みが》きあげられた教室で、三Bたちはいつになく静かに整然とすわって、担任の口元を見つめている。まっすぐなその瞳《ひとみ》を見ていると、桜中学の教壇にこうして立つのも最後になるだろうという思いが金八先生の胸を刺したが、金八先生は寂《さび》しさを押し隠して明るく口をきった。

「やあ、スッキリしたねえ、見ちがえるようにきれいになりました」

「けど、明後日《あさって》のお別れ会でまたベタベタになっちまうぜ」

すぐに一寿《かずとし》が口をはさむと、健介《けんすけ》はとがめるような視線を投げた。

「せっかく、先生もみんなも気分いいのに、どうしておまえはそういうことを……」

けれど、金八先生は笑顔でさえぎって、話を続けた。

「汚れたら、またみんなできれいにしましょう。物でも心でも、場合によってはシミが残ってもと通りにならないこともあります。けれど時によって、そのシミは単なる汚れではなく、その人が歩いて来た道の証《あかし》になる場合があります。そうあってほしいと願っても、人間、生まれたまんまの汚れなき赤ん坊であるわけにはいきません。男子はいつの間にか声変わりして薄ヒゲが生えてくる。女子もいくらホッソリに憧《あこが》れても、どんどんとふくよかになる人もいます。そしてそのどちらも中年太りへと成長し、やがてはしわを刻《きざ》んで敬老の日のお祝いを受けるのを年輪《ねんりん》を重ねると言いますね。どうです、かつての紅顔《こうがん》の美少年、坂本金八も、今や少々寝不足気味にたるんだ立派な中年顔になっているけれど、多くの三Bたちとここまで歩いて来たんだなあと、結構気に入って鏡をのぞいたりすることがあります」

「やだっ、気持ちわるぅ。鏡見てるなんてっ」

奈美《なみ》がぞっとしたような声をあげ、金八先生は苦笑した。

「あのね、誰《だれ》かさんみたいに年中チラチラ鏡のぞいてにっこりしている暇《ひま》はないの。私が言いたいのは、さっき割れてしまった花瓶《かびん》のお話」

「アチャーッ」

「来たぁ」

一寿と健介が声をあげ、里佳《りか》がまたも泣きそうな顔になる。

「私は叱《しか》るつもりで言っているのではありません。割れたということは、役目を終え、生命を全《まっと》うしたということです。荒川のすぐ向こうの帝釈天《たいしやくてん》を舞台にした寅さんシリーズ『男はつらいよ』の映画監督、山田洋次さんがこう言っています。〝愛とは相手の命をいとおしむことだ〟。実にすてきな言葉ですねえ。とことん相手の命をいとおしむ。相手というのは人と人のことだけではないと私は思うんだ。どんなものにも命がある。君たちのその制服も誰かにお下がりで着てもらうかも知れないが、やがてすり切れてその役割を終える。通学カバンもそうだし、まして可愛がっている犬や猫にも寿命《じゅみょう》がある。生き物だけではありませんね。この花瓶《かびん》も割れたことで花瓶としての命を全《まっと》うしたわけです。もちろん、もう少し注意深くあつかえば、もう少し長生きしたかもね」

「ごめんなさい」

静かな教室に、里佳のか細い声がきこえる。健介と一寿もあわてて謝《あやま》り、上目《うわめ》づかいに金八先生を見た。

「そうやってみんなが偲《しの》んであげれば、花瓶ももって瞑《めい》すべしだけど、後の祭りという言い方もある。けれど、これを教訓としてみんなが物を大事にするようになれば、花瓶の失われた命もみんなの心の中によみがえるわけです。それとね、日本には実に優しいゆるし方がある。〝数が増《ふ》えてめでたいよ〟。割れたら確かに数が増えるものね」

「なあるほど」

感心している健富《けんとみ》に、金八先生は笑った。

「こら、それでゆるされる気になって、ばあちゃんが大事にしている湯呑《ゆの》みを気やすく割ったら承知しないよ」

「ウヘ」

健富はぺろりと舌を出す。金八先生は一心《いっしん》に自分に注《そそ》がれている十五歳のまなざしを、いとおしく眺めた。まだやわらかくみずみずしい胸の奥へしっかりと植えつけるように、金八先生は心をこめて発音した。

「愛とは、相手の命をいとおしむことである。言ってみましょう」

「愛とは、相手の命をいとおしむことである」

三〇人が唱和《しょうわ》した。

「〝死んでもいい〟。わが身に代えても相手の命をいとおしむ。これも愛です。わが身を挺《てい》して花瓶を守ろうとして健介がコブをつくりました。これぞ愛のタンコブ」

金八先生がおどけて言ったが、教室は静まりかえって、笑うものはいない。

「あれえ、驚いたなあ。私語《しご》がひとつもないじゃない。どうしたの?」

しんみりした空気を、まぜっかえすように金八先生はおおげさに言ったが、返ってきたのは涙声だった。

「だって、今日は先生の最後の授業だもの」

さびしさがあっという間に伝染《でんせん》して、あちこちで洟《はな》をすすりあげる音がする。自分の手がける最後の三B。そのことが頭をよぎって、金八先生もあやうくもらい泣きしそうになる。金八先生は、気分を変えるように、話題を少し横へずらした。

「けど、みんなでギリギリまで花瓶を助けようと協力できたのは、まさに〝情《なさ》けは人のためならず〟だね」

「なんでやねん?」

真っ赤な目をした信太《のぶた》が、笑いながら聞き返す。

「あれ? では、情けは人のためならずってどういう意味だ?」

「だから、情けをかけてやるといい気になって怠《なま》けるじゃん。で、その人のためにならない」

香織《かおり》の自信たっぷりの答えに、金八先生はずっこけた。

「残念ながらその反対。だって、それだったら、情けは人のためにならず、と、にが入ってなくてはならないでしょう。情け、つまり人に親切にしておくと、それがめぐりめぐって自分のところに帰ってくる、困った時に助けられる。つまり、なにげない助け合いの心が人の心を優しく豊かにするよ、という意味なんだよ」

「へえ、そうだったんですか」

三Bの辞書と呼ばれた陽子が、真顔《まがお》でうなずいた。

「そうだったんですよ。君たちにとっては昔々のこと、戦後の日本が困っている時にいろいろな国が助けてくれた。今、その国が内戦などで荒れ果てて困っている。だから、学校もないその国のため、日本が助ける番にまわっているけれど、いつまた、その逆のことが起きるかもしれない」

「ほんとに?」

弘城《ひろき》は不安そうに眉《まゆ》をひそめた。

「うん、そのためには戦争をしないことだ。それ以外はみんなが便利便利を少しずつ我《が》慢《まん》するようにしたら、そう簡単に私たちの国が五十年前に戻ることはないでしょう」

「よかったあ」

雪絵はいつもうれしそうに笑う。金八先生もつられて笑った。

「うん、よかったね。だから情けは人のためならず」

そう言いながら、金八先生は用意してきたボードを取り出し、黒板に貼《は》った。

「はい、みんなで読んでみましょう。三年B組に贈《おく》る言葉です。〝我《われ》も人なり、彼《かれ》も人なり〟」

「我も人なり、彼も人なり」

澄んだ声も、ハスキーな声も、声変わりのしていない甲高《かん》い声も、低い声も、三Bの声がひとつになってひびいた。

「すなわち、相手の命をとことんいとおしむことと同じです。君たちにはもうそれがよくわかっています。政則が苦しいときは私たちもそのことがつらい、直がうれしいことは私たちもうれしい。そうだね。世の中に独《ひと》り勝ちなどあってはならないんだよ。後ろを見てごらん」

掲示物《けいじ》がはずされ、がらんとした壁に鮮やかなハンガーマップだけが残されている。ひときわ目立つ赤い部分が飢餓《きが》の地域だ。

「残念ながら食糧も教育も世界には片寄りがあるということは勉強したね。我も人なり彼も人なり、これはだからビビるなという意味もあるけれど、同じ血と肉を持った人間だという意味でもあります。だから、情けは人のためならず、アフガニスタンやアフリカの大変な人たちのことを他人事とは思わず、三度三度食事のできる自分たちのことを幸せだ、恵まれているんだと思ってください。そしてできることをやってみましょう。水や電気を無駄にしないことは、温暖化で沈みそうな幾つもの国に貢献《こうけん》することになるんだよ」

三B全員が真剣に耳を傾けている、その手ごたえをはっきりと感じながら、金八先生は話した。人生のスタートラインに立った彼らの胸に、金八先生は種《たね》をまいている。前方に果てしなく続く道程《どうてい》の中で、その種がどんな花を咲かせるか、金八先生はそれが楽しみだった。幸作の病気に打ちのめされている自分の前に、ある日、昔の教え子が大輪《たいりん》の花を持ってやってきた。二十歳の同窓会《どうそう》は骨髄《こつずい》バンクへの登録《とうろく》を兼《か》ねていたという。先生、忘れたの、教室で僕らに話したじゃないですか、と成人になった彼らは笑った。金八先生はもう長いこと、桜中学で種をまきつづけてきた。今年の三Bは、歴代《れきだい》三Bの中でも特に問題が多かったのだが、山を乗り越えるたびに、金八先生は改めて子供たちの中にひそむ可能性に驚かされ、心を洗われたのだった。話をしながら、金八先生はひそかに教室との別れを惜しんでいた。

「こうやって関心を持つということが成長なのです。チュー、君はこの一年で九センチも背が伸びた。うれしいねえ。でも、ほんとに伸びて欲しいのは、背丈だけではなく、チューの可能性だ。君たちにあるのは限りない可能性です。この先、誰《だれ》がどのくらい何を伸ばすか、楽しみでなりません。そしてたぶん、何年かすると同窓会なんか開くことでしょう。そこへ私を呼んでくれたら、ぜひその成長ぶりを見せてください。二〇〇二年一月十五日、十五歳の君たちは志学《しがく》の時を自分に誓《ちか》い、その魂《たましい》にしっかりと刻《きざ》みつけたはずだからです。初心《しょしん》忘るべからず」

別れを前に、教室の空気はしんみりとなり、すすり泣きがいっそう大きくなった。

「お返事は?」

金八先生が催促《さいそく》してやっと、返事がもどってきた。号令《ごうれい》をかけさせると、金八先生もまた、涙を隠すように急いで教室を出た。金八先生の最後の授業だった。

その夜、父親の式服にブラシをかけながら、乙女がしみじみと言った。

「とうとうこの服、担任として着ることなくなったんだ」

「冗談《じょうだん》言わないでよ、生涯一教師、それだけはつらぬかせてもらうからね」

金八先生はすぐさま否定したが、胸の中にぽっかり穴があいたような気分だ。幸作はもっと正直だった。

「明日、おれ、行かないよ、つらくてたまんないもの」

「つらい時こそファイトを燃やす、まだまだその気概《きがい》と根性《こんじょう》は持ち合わせています」

口をへの字にまげた息子の前で、金八先生は迷いをふっきるように言った。

「私はお赤飯《せきはん》たいて待っている。だって一応、卒業生を送り出すお祝いだもんね」

母親そっくりの微笑を浮かべる乙女に、金八先生はうなずきながら、あらためて自分は二人の子供という家族に支えられていると思うのだった。


その夜は三Bの皆が、それぞれの自宅でもう袖《そで》を通すのも最後になるだろう制服を念入りにチェックした。直は、考えあぐんだあげく、手持ちのスーツとネクタイで行くことにした。心配する母親に、直はきっぱりと言った。

「だって、先生方もみんなも、僕が男子だと認めてくれたんだもの、女子の制服じゃかえっておかしいと思うよ」

「そうならいいけど」

成美《なるみ》はそれ以上、反対はしなかった。それよりも、出先で耳にした金八先生のことが気がかりだった。その日、成美は中学で音楽を教えている友人から、金八先生の異動《いどう》の噂《うわさ》を聞いたのだ。友人の勤務先は荒谷二中だった。

「直が原因でなければいいのだけれど……」

母親として、成美は金八先生にいくら感謝してもしつくせないと思っている。その心配そうなつぶやきを聞いたとき、直は原因が自分であることを直感した。掃除の時、自分や金八先生を見ていた校長の目つき、最後の授業での金八先生の表情がぱっと思い出された。夜、自室のベッドで直はなかなか寝つかれなかった。金八先生が自分にかけてくれた言葉、金八先生が自分のために皆に語ってくれた言葉が次つぎと思い出された。

今年は桜の開花が早く、古い大きな桜の木が、校門をくぐる生徒と保護者の上に明るい花で飾った祝福の枝をさしのべていた。

壁にぐるりと紅白の幕がはられ、壇上には立派な花が飾られて、体育館の空気はいつもと違っている。保護者席は、よそゆきに身をつつんだ父母たちでいっぱいだ。音楽と手《て》拍子《びょうし》がはじまって、三年生の入場がはじまる。廊下で待機《たい》していた三Bたちの幾人かは、早くも涙ぐんでいた。

緊張した顔で列をつくって入場してくる卒業生に、両側から熱い視線が浴びせられる。紺《こん》のスーツにシックなネクタイをしめた直が少し硬《かた》い顔で入ってくると、会場にかすかにざわめきが起こったようであるが、成美は誇らしく直の晴れ姿を見つめた。池内先生は入場してきた政則に、家族の写真をかかげてみせると、政則は歩きながら、笑顔を返した。

保護者席の中でもいちだんと目立っているのは、信太《のぶた》の母親だ。水商売かと見まごうほどの派手《はで》な衣装《いしょう》で、ハンカチをにぎりしめていた町代は、息子の姿を認めるやいなや、立ち上がって手を振った。

「宏《ひろ》ちゃーん、母さん来てるからね！」

信太は恥ずかしそうに頭をかいたが、華《はな》やかな母親が誇らしくもあった。

開会の辞、校歌斉唱《せいしょう》に続き、卒業証書の授与《じゅよ》が始まった。担任が出席番号順に名を読み上げ、一人ずつ壇上に上がる。校長の横に立つ国井教頭が校長に卒業証書を渡し、校長からその証書が手渡される。会場の注目を一身に集める、緊張の瞬間だ。

学級委員の美保《みほ》が三Bのトップである。涼《すず》しい声で返事をし、しっかりとした態度で証書を受け取る。

「学級委員、ごくろうさま」

手渡しながら、校長はねぎらいの言葉をかけた。それからは、ただ機会的に証書が渡され、次々と生徒が上がっては、降りていった。陽子が壇上にあがると、校長は目にみえて上機嫌《じょうきげん》で笑いかけ、会場に響く声で祝福した。

「開栄《かいえい》合格、おめでとう！」

今年の桜中学からただ一人、開栄合格をはたした陽子は、校長に言わせれば〝希望の星〟であった。授与式はつつがなく進行するかにみえた。しかし、壇の下で待機《たいき》するスーツ姿の直が目に入った途端《とたん》、校長の顔はみるみるこわばった。

「鶴本《つるもと》　直《なお》」

「はい」

壇をあがっていく直を、三Bたちがじっと見守っている。直が、校長の前で礼をし、一歩踏み出しても、校長はぴくりとも動かなかった。代わりに、冷たい憎悪《ぞうお》を浮かべた目でじろじろと直の姿を見て、皮肉《ひにく》っぽくたずねた。

「君は桜中学の生徒ですか」

「はい」

「だったら、なぜ本校の制服を着用《ちゃくよう》しない？」

直は動じることなく、低い声でさらりと答えた。

「クリーニングが間に合いませんでした。申しわけありません」

「たいへん、だらしのない話ですな」

「ごめんなさい」

直がそっけなく謝《あやま》る。それでも、校長は動こうとはしない。沈黙が流れ、会場がざわめきはじめると、校長は苛立《いらだ》った声を出した。

「それで?」

「はい?」

「親御《ご》さんは、たとえば制服をまだ大事にとっている去年の卒業生の家などから借りようと当たられなかったのですか」

親のことを持ち出されて、直の瞳《ひとみ》にかっと反抗心がひらめいた。

「親は関係ありません。クリーニング屋の手違いです」

「なるほど」

何ごとが起こったかと、いよいよ会場のざわめきは大きくなる。校長は氷の目で直を見すえたままだ。隣の国井教頭も金八先生もはらはらしながら事態《じたい》を見守っている。たまりかねて、直の方が口を開いた。

「制服でなくては卒業させていただけないのですか」

「規則としてはそうなります。しかし」

「そんなら、おれのを貸してやるよ!」

壇の下で順番を待っていた一寿《かずとし》が、乱暴に制服のボタンをはずしはじめた。儀《ただし》が怒りに顔を真っ赤にして立ち上がっている。本田先生も立って思わず前に出ようとしたとき、国井教頭が校長の手にぐいと直の卒業証書を押しつけた。我《われ》にかえった校長は、会場内のざわめきに気づくと、あわてて咳《せき》払いをし、重々《おもおも》しく言った。

「今日は晴れの日であるからして、特別に許可します」

体裁《ていさい》をつくろうように校長が差し出した卒業証書に、直は手をのばさなかった。そして、不信をこめた目で校長を見つめた。校長は感情をむき出しにして怒鳴《どな》った。

「いらないのなら、行きなさい、さっさと!」

晴れの日の校長らしからぬ態度に、保護者席からブーイングが起こる。直は一礼してさっときびすを返した。その時、直美《なおみ》の高い声が響いた。

「鶴本さん! 一緒に卒業する約束でしょっ」

「そうだ!」

賢《けん》の声。見ると三Bが全員立ち上がっている。

「受け取れ、直!」

充宏《みつひろ》が叫ぶ。直は迷うように、金八先生を振り返ると、金八先生は火のような目をして、直に大きくうなずいた。保護者席に目をやると、成美《なるみ》が祈るようにじっとこちらを見て両手をにぎりしめている。卒業証書は校長からの贈り物ではなく、三Bの友情の証《あかし》、自分を卒業させるために骨折ってくれた金八先生や成美の愛情の証であると思い当たって、直は再び校長の前に立った。

「失礼なことを申し上げました。お願いします」

「以後、気をつけなさい」

きちっと頭をさげる直を、校長はなおも刺すような視線でにらみつけ卒業証書を手渡した。ほっとして、三Bたちも腰を下ろした。しかし直のすぐ後の一寿《かずとし》は怒りがおさまらないらしく、つかつかと壇上にあがるなり、校長からひったくるように卒業証書をとった。

その次は政則だった。

「成迫《なるさこ》政則」

金八先生の読み上げる名をきくなり、校長の顔はふたたびひきつった。マスコミ対応だの、人権についての授業だの、校長にとっては無駄な時間とエネルギーを費やされた元《げん》凶《きょう》ともいえる政則を、校長は嫌悪《けんお》していた。金八先生と国井先生、池内先生は緊張した面持《おも》ちで見守っている。校長が口を開きかけ、再び皮肉がとびだすのかと思われたとき、政則はにっこり微笑して言った。

「いろいろとありがとうございました」

そして非の打ちどころのない丁寧《ていねい》なしぐさで、頭をさげる。一種の先制攻撃だった。校長は何も言わず、ただ証書を突き出すしかなかった。

卒業生の全員が卒業証書を手にし、プログラムは校長の祝辞《しゅくじ》へと移った。ゆっくりと舞台の真ん中に立った千田校長は、落ち着きはらってみえたが、腹の中は煮《に》えくり返っている。用意してきた祝辞など、頭からすっかり消え去ったまま、校長は語りはじめた。

「平成十三年度卒業生の皆さん、卒業おめでとうございます。しかしながら、私は昨年十月から本校校長として赴任《ふにん》したため、全身全霊《ぜんれい》で諸君らを指導できなかったことをはなはだ残念に思っております。校則を無視し、伝統ある制服を着用《ちゃくよう》せずに卒業証書を受けるなど、言語道断《ごんごどうだん》の者がいたのもそのあらわれで」

三Bからは抗議のざわめきが、後部の保護者席からもあきれ声があがり、校長は一瞬たじろいだが、それに負けじといっそう声をはりあげた。

「ですが、在校一、二年生に対しては新学習指導要領に従って、学区制が廃止されて受験可能となった好ましい高校に、全員が挑戦できるだけの学力が備《そな》わるように指導することを約束し、卒業生への贈る言葉といたします」

自分たちに対する祝福でない言葉を贈られて、抗議の声をあげるのは、もはや三Bばかりではない。金八先生たち、列席の教師も怒りをあらわにし、嵐のようなブーイングがまきおこった。

「平成十四年度より桜中学は新しく生まれ変わります。したがって卒業生の皆さん、どうか安心して巣立ち、諸君らの強烈な個性で大海を思う存分、目標に向かって泳いで行ってください。本日はまことにおめでとうございました」

もうマイクの声もほとんどきこえない中、校長はしどろもどろになりながらも最後まで言い切った。司会の遠藤先生は、静かに、というかわりに、次のプログラムを叫んだ。

「続いて、卒業生答辞《とうじ》！」

政則が急いで自分の制服を脱《ぬ》ぐと、直に差し出した。今年の答辞は、三年生担任団の乾《いぬい》先生、北先生からの強い推薦《すいせん》で、直が読むことになっていたのだ。そのための文章も、もちろんちゃんと準備してきている。儀《ただし》も賢《けん》も、充宏《みつひろ》も美紀《みき》も、三Bの全員が励ましをこめて直を見つめている。直は自分の上着《うわぎ》を脱《ぬ》ぎ、友情のこもった男子の制服に身をつつんで、すっと立ち上がった。

「卒業生代表、三年B組　鶴本　直」

遠藤先生の声が体育館にひびきわたる。棒を呑《の》んだように硬直《こうちょく》して立っている校長の前に、直は氷のような冷静さでまっすぐに進み出た。会場が直の姿に注目し、固唾《かたず》をのむように静まりかえった。一礼して直がポケットに手をいれたとき、政則があっと小さく叫んだ。答辞《とうじ》の封筒《ふうとう》は交換した直の上着《うわぎ》のポケットの中だったのだ。直もそれに気付いたが、しかし動《どう》じる気配《けはい》を見せず、校長に目を向けて口を開いた。

「この良き日、校長先生はじめご来賓《らいひん》の皆様より数かずのご祝辞《しゅくじ》をたまわりましてありがとうございました」

直の冷静な気迫に、校長も国井教頭も圧倒されて立っている。

「校長先生と同じく三年生のなかばで転校して来たわたしが、卒業生を代表して栄誉ある答辞の大任をいただきましたのは、担任である坂本先生はじめ三年A組、C組の、いや一年生二年生をはじめ全校にセクシャルマイノリティーの特別講義を実施してくださった諸先生方の総意であり、お励《はげ》ましと考えて、ありがたくお受けいたしました。この良き日に伝統ある制服を着用《ちゃくよう》しなかったことは、改めておわび申し上げます。けれど、私が性同一性障害であることは、諸先生方に取り組んでいただいたおかげで完全ではなくともほぼ全校生徒に理解していただいたことと思います」

嵐のようなカミングアウトからまだ日も浅い直が、堂々と歩き出した姿を目《ま》の当たりにして、金八先生は息をつめてその横顔を凝視《ぎようし》している。

「したがって、今朝《けさ》まで制服について悩みました。私は男子です。それを認めてくれた多くの友の前にスカートで来ることは、自分をも偽《いつわ》ることになります。いまだ生物学的には女子ですが、今、この男子の制服を着て心と体の一致という第一段階を味わったような気がします。とても幸せです」

本田先生と成美《なるみ》はしきりとハンカチで目をおさえている。三Bの席では美保が直美が、美紀、充宏、信太、儀が泣いている。しっかりと見届けようと、賢や政則は真剣な表情で直の背中を見つめている。

「私は、この桜中学に転校してきて、いま卒業してゆくことを心から感謝し、幸福に思っております。生きてゆく力、生きてゆく希望を与え、導いてくださった先生方、多くの友だちに、限りない暖かさと心の広さ、そして勇気をいただきました。ほんとうにありがとうございました」

「がんばれよ!」

町会長が感動のあまり叫んで拍手をした。つられて、あちこちから拍手が起こる。けれど、直は声のトーンを厳《きび》しくして、改めて昂然《こうぜん》と校長と向き合った。

「それゆえにこそ、校長先生にお答えいただきたい。私と同じように中学を転々とせざるを得なかった成迫政則君の名誉を回復し、三Bの仲間をしっかりとひとつに結んでくれた教師であり、人生の指導者、坂本先生を、なぜ本校から追放されるのですか！」

「追放!?」

国井教頭が驚いて、校長を見る。教師たちの間からも驚きの声が上がる中、直はもう一度語気鋭く迫った。

「なぜ排除されるのですか！」

ショックを受けた三Bたちが、立ち上がって口ぐちに抗議を叫んだ。

「そんなの聞いてません。なぜですか！」

生徒たちの抗議を押し返そうと、校長は威圧《いあつ》的に怒鳴《どな》った。

「静かにっ！　卒業証書を授与されたのだから、きみたちはすでに本校の生徒ではないっ！来年度のことについて発言権はないんだ」

校長の言葉は、大人《おとな》たちの神経をも逆《さか》なでした。

「そんな無茶な話があるか！」

ＰＴＡ会長が叫び、怒りは若い教師たちも同じで、小林先生や花子先生も式典を忘れて大声をはりあげた。

「私たちも聞いてませーん！」

「僕も知りませんでした！」

場内は蜂の巣をつついたような大騒ぎだ。皆がステージの下へつめかけた。思いもよらぬ展開に、金八先生は首をたれて黙ってすわっている。卒業式の続行はとても無理だった。乾《いぬい》先生は怒りをおさえながら必死に生徒たちを鎮《しず》め、北先生もそれにならった。しばらくすると、生徒たちはみなそれぞれの教室へ帰された。

卒業式が中断されるのと、健次郎やちはる、ヒルマン、ヒノケイ、篤《あつし》、慶貴《よしたか》サオリ、好太《こうた》ら、元三Ｂが駆けつけたのはほぼ同時だった。朝、幸作のところへ寄った健次郎が、はじめて金八先生の異動《いどう》の話を聞き、皆に連絡をとったのだ。服装はまちまちだったが、ほとんどが似たようなスポーツ刈りだ。幸作を励ますためにいっせいに髪を剃《そ》ってしまってから、二ヵ月半しかたっていなかったからだ。さらに、池内先生から電話で知らされた服部《はっとり》先生、スーパーの明子夫婦もまっすぐに桜中学へ向かっていた。

三Bの教室ではみなが直を囲み、騒然となっていた。異動先が荒れている荒谷二中と聞いて、事情をよくは知らない生徒さえ、校長の悪意を思わずにはいられなかった。

「先生に会いに、荒谷二中に行くなんてやだよ!」

「どうなっちゃうのよ、いったい!」

大声でわめいても、答えてくれる者はいない。大人たちは会議室だ。騒ぎが大きくなるといけないというので、三Bたちは教室に閉《と》じ込められ、元三Bが見張り番を言いつかった。しかし、健次郎と篤、慶貴はいてもたってもいられず、会議室へ駆けつけた。直と政則が三Bの代表として同行した。

会議室では校長を吊《つ》るし上げるように教師たちと保護者が取り囲み、質問攻《ぜ》めにしていた。とりわけ一緒に学校運営をするはずの国井教頭は秘密裡《り》に事を運ばれて、かんかんに怒っている。

「とにかくあんまりです! 私は聞いていません。いきなりです! 初耳です! 卒業式をぶちこわしたのは、校長、あなたですからねっ」

他の教師たちも寝耳に水だと、口ぐちに抗議している。

「これでは、私たちも、いついきなりとばされるかわかりませんねっ」

本田先生が思いっきりの不信感をこめる。

「こんなことで、教師だけではない、生徒との信頼が結べるとお考えですか！」

乾先生もがまんできずに怒鳴《どな》る。新校長の噂《うわさ》を薄々《うすうす》聞いていた保護者らも、校長の横暴《おうぼう》ぶりを目の前で見せつけられて心《しん》から腹を立てているようだった。校長は苦虫《にがむし》をかみつぶしたような顔で、言葉少なく答えた。

「今回は特例です」

「理由を聞きましょう！」

その時、ドアがあいて服部《はっとり》先生と健次郎たちがどっとなだれこんだ。教師たちが驚いて健次郎たちの顔を見た。

「なんだ、君たちは！」

校長の厳《きび》しい怒鳴《どな》り声にたじろぎもせず、篤《あつし》が答えた。

「僕たち十一年度の卒業生で、坂本先生の教え子です！」

「関係者以外は外へ出なさいっ」

校長の冷たい口ぶりに、ＰＴＡ会長の菅《すが》はあきれた。

「教え子なんですよ、この子たちは卒業生です！」

「それがどうかしましたか」

「みんな心配して馳《は》せつけたんですよ」

とりなそうとする服部先生に敵意の目を向け、校長は額《ひたい》のあたりをひくつかせて吐き捨てた。

「服部先生、こういうのを集団ヒステリーというんじゃないのでしょうか」

「冗談《じょうだん》じゃないわ。民主的ではない」

思わず言ったのは、賢の母親だ。

「それはどちらですか。たった一人を吊《つ》るし上げて。本来なら、私は警察を呼んでもいい状態におかれてるんです」

「呼ぶなら呼べーっ」

若い小林先生はがまんできずに叫んだ。相手が非常勤の教師となった途端《とたん》、校長の口《く》調《ちょう》はかさにかかる。

「きみは、本校の名に傷がついていいのかね」

「傷ならすでにあなたがつけていらっしゃる」

乾先生が冷たく言い返した。

「いいや、これは産《う》みの苦しみです」

「校長先生はいったい何を産み出そうとおっしゃるんですか！」

国井教頭が激しく詰《つ》め寄った。校長はかすかにあきれたような視線を教頭へ向けた。自分が産《う》み出そうとしている自明のものが、教頭職にありながらこの国井教頭にはまるで見えていないことに驚いたのだ。桜中学の名を優秀校として都下にとどろかせたい、というのが校長の夢である。それには金八先生のような教師の存在は邪魔《じゃま》になる。

騒々《そうぞう》しい足音とともに、今度はスーパーさくらの明子夫婦が駆け込んできた。

「こら、校長！　なんで金八っつぁんのクビ切るんだ！」

「部外者は入れるなと言ったでしょうが！」

校長が国井教頭をとがめると、町会長が怒鳴《どな》りだした。

「何が部外者だ！　たった半年しかいないくせに。おれはここで生まれて六十五年、根を生《は》やしているんだ」

さらにＰＴＡ会長が、かねてから校長に話し合いを申し込んではふられたままになっていた荒川の土手の中段道路の話を持ち出した。散歩コースであり、通学路である土手の道に車を通す計画だと聞いて、たちまち、ケアセンターや保護者、教師らから反対の声があがり、事態は混乱をきわめた。

校長室の喧騒《けんそう》をよそに、職員室でひとりすわっていた金八先生は、とびこんできたヒルマンたちに、困り果てた笑顔を向けた。

「なんか、えらい騒ぎになっちまったよ。明日の離任《りにん》式ではっきりすることになってたんだけどさ……」

「何がどうはっきりするんだよ！」

心配のあまり涙を浮かべて怒鳴るヒルマンの肩に、金八先生は静かに手をおいた。

「ありがとうよ。でも、ほんとに騒がないでくれ、私はもう決めたんだから」

それから間もなく、服部先生が怒って叫ぶ皆を懸命《けんめい》になだめて、一同は会議室の机を囲んですわり、話し合いの体裁《ていさい》がととのった。

「いいですか、皆さんがどう私を脅迫《きょうはく》しようと、いったん決めたことを曲げるようでは校長としての責務《せきむ》が果たせないんです」

「おまえの責務なんてどうでもいい！」

叫んだ慶貴《よしたか》を校長がぎろりとにらんだ。

「この通り、目上に向かい、しかも母校の校長に向かって、卒業生がこういう口をきいてはばからない本校の教育を私は根本的に変えたいんです」

そのために金八先生が邪魔《じゃま》なのだと、校長は言い切った。けれど、理由をたずねられると、その口を重く閉《と》ざした。その意固地《いこじ》さにあきれて、服部先生が校長リコールという言葉を出すと、賛同する声がいくつもきこえて、校長は激怒《げきど》した。

「あなたたちは子どもの将来がどうなってもいいのですか！」

「おまえが居すわる方が曲がっちまうよ」

歯に衣着《きぬ》せぬ明子が、ぴしゃりと言う。明子を無視して、校長はくるりと保護者の方を向いた。

「来年度より通知表も絶対評価になるのをご存知でしょう。一人一人を大切にしたいという坂本先生の持論で行けば、出来ない子でも頑張ったからという理由と励ましで、五段階の5と4を乱発するし、他の先生方にも強要するでしょう。親はうれしいかも知れない。しかし、高校進学の段になって本校の5が他校の3だったらどうしますか。偏差値で勝負になりません」

「そのどこが悪いんですか」

思わぬ答えに、校長はかっとなって言った。

「わが桜中学が、都内での学力底辺校との汚名《おめい》を着せられてもいいんですか！」

すぐにも料理人見習いで働きはじめる儀《ただし》の父親の克治《かつじ》には、校長の話はぴんとこない。

ただ、金八先生の助けがあったからこそ、息子が再び自分のもとに戻り、まっとうな道を歩き始めたことだけは確かだった。

「私にはわからない。でも、金八先生は恩人なんです」

出産後、少しずつケアセンターに復帰《ふっき》しはじめた英子が、手をあげる。

「どちらかと言うと、センターに来てくれるお子さんは成績がいいだけの子より、優しくて面倒《めんどう》見がよくて……」

校長は英子の言葉を荒々しくさえぎった。

「生徒は子守《も》りや老人の介護《かいご》用にいるのではありません！」

「でも、その中で将来の進路を決めている子だっているんです！」

会議室にいるみなが、英子に賛成だった。生身《なまみ》の子どもと付き合っていれば、それは当然の答えだった。成績至上《しじょう》主義のひずみがはっきりと現れたのは、もう最近のことではないからだ。新校長の毛嫌《けぎら》いするケアセンターが入ってから、そして地域との交流が深まってから、桜中学の生徒は優しくなったというのが、共通した評価だった。

「こんな奴は放り出せ！」

町会長は激昂《げきこう》した。たちまち、乱暴な言葉がとびかった。後ろの方にいて終始《しゅうし》無言だった北先生が、はじめて立ち上がった。校長は驚くと同時にとがめる目をした。

「北先生、いたのならどうして私をフォローしてくれないのですか」

「校長お気に入りの二股膏薬《ふたまたこうやく》だからでしょ」

本田先生の皮肉に耐え、北先生は校長に金八先生の異動《いどう》先を明らかにするように頼んだ。異動先は荒谷二中だと信じていた皆は、北先生の口ぶりからそうではないと知って、どよめいた。けれど、校長は意固地《いこじ》になって話そうとしない。

「ここまで悪役《あくやく》にされたんです。何をいまさら」

「お願いします。学校が壊《こわ》れるのは見ていられません」

国井教頭も知らなかった事実を、北先生だけが知っている。苦渋《くじゅう》に満ちた顔で校長に頭を下げる北先生の背にも悪口雑言《あっこうぞうごん》がふりかかった。

連絡を受けた和田教育長は、卒業式に出ていた荒谷二中からタクシーをとばして駆けつけた。金八先生も並んで会議室の机にすわり、続いてヒルマンたちもそっと入ってきた。待ちきれずに、乾《いぬい》先生が元校長につめよる。

「和田先生、坂本先生の異動はどういう理由で受理《じゅり》なさったのですか」

「まさかこの校長の査定《さてい》をうのみにされたのではありませんよね？」

燃える目で教育長に食いつく健次郎の言葉を、金八先生は厳《きび》しくたしなめた。

恐縮してすわっている金八先生に、服部先生が、にこやかでいて押しの強い、いつもの調子で声をかけた。

「金八っつぁんよ、二十三年前を思い出せ。保《たもつ》と雪乃《ゆきの》の時はみんなでスクラム組んだじゃないか。おれも池内先生もついているんだ。負け犬になるな」

服部先生だけではない。他の同僚《どうりょう》教師たち、保護者、教え子、ケアセンターや地域の人びとの熱い励ましの瞳《ひとみ》が自分に向けられていることを感じ、金八先生は感謝に深ぶかと頭をさげた。

「ご心配かけて申しわけありません。……かわいい三Bをぶじに送り出し、心を静めた後で皆さんにじっくりとお伝えしようと思ったもんですから」

金八先生は校長の緘口令《かんこうれい》のことはあえて言わなかった。ぎりぎりまで迷ったとはいえ、校長の命令で動くのではなく、自分が選び取った道なのだという思いが強かったのだ。

「けど、異動《いどう》だよ。あんたが愛してやまないこの桜中学と、そして同僚の先生たちと別れるんだよ。少々水臭《くさ》いんじゃないか」

服部先生にそう言われ、金八先生は返す言葉がない。

和田教育長は不安げな一同の顔を見渡すと、落ち着いた口調《くちょう》で考えを話し始めた。

「坂本先生には教育委員会に入ってもらいます。私も現職について半年、幸い委員は教育関係者と地元民間の人で構成します。坂本先生には私を補佐《ほさ》しつつ、来年度からの新学習指導要領にもとづく教育改革に、現場の意見を反映して、おおいに小中各学校を指導してもらいます。もちろん、この桜中学も」

「とても指導されるようなタマじゃないですよ、この校長の石頭《いしあたま》」

思わず口をついて出た明子の言葉に、教育長はあっさりとうなずいた。

「たしかに固いですな。しかし私は、この千田校長の頑固《がんこ》さを評価します。簡単に信念や教育方針を変えるような人物では、子どもを迷わせるだけです。その点、坂本先生とはいい勝負だと思いますよ。ゆとり教育は、実に壮大なる実験です。全国的に賛否《さんぴ》両論があるのはご存知の通りですが、やってみなければわからない。しかし、われわれはダメでした、元へ戻しますと敗北宣言はしたくない。たとえ千田校長から提出された企画であっても、真剣に再検討し再挑戦をうながすつもりです。それには、今より苦労が多いと思いますが、この地に根づいて二十三年、ベテラン教師の坂本先生の力が、私には、そして子どもたちのためにも必要なのですよ」

和田教育長の誠実な話しぶりに、皆はいつしかひきこまれていた。そして話を聞くうちに、和田教育長の胸に秘《ひ》めた意図が徐々《じょじょ》に浮かび上がってきた。千田校長は、直が糾弾《きゅうだん》し、本人も認めたとおり、自分の教育方針にあわない金八先生を放逐《ほうちく》しただけなのだろうが、和田教育長は金八先生を千田校長の下から抜き取り、教育委員会に配置することで、金八先生をより広い場で活躍させようと考えたのだ。千田校長の現実的な成績至上《しじょう》主義は、この場でさんざんたたかれた。しかし、世間の人々の本音《ほんね》のところでは、千田校長の現実主義の方が圧倒的に優勢なのだ。塾や予備校の勢いの衰えないことが、それを証明している。だからこそ、ゆとり教育は失敗の許されない大きな賭《か》けだ、と教育長は言ったのだ。資源のないこの国が国際社会で生きてゆく唯一《ゆいいつ》の力である人材をどう育てていくのか。ゆとり教育が学力低下を招くことを危惧《きぐ》する千田校長と、社会に出て生き生きと道を切り開いていける人間を創《つく》る可能性を信じる金八先生とは、いわば好敵手《こうてきしゅ》だった。

「教育長さんからそうおっしゃっていただきましたが、はたして私にどれほどのことができるか、真剣に悩みました。現場をはなれることにもすごく未練《みれん》があって、正式な返事が遅れてしまい、今日、皆さんにご迷惑をおかけした次第です」

「そうですよ。そんなことはもっと早く私たちにも相談すべきでした」

立ち上がって頭を下げた金八先生を、国井教頭がとがめる。けれど、めがねの向こうの涙に光るその目には、深い理解がたたえられていた。

「申しわけありません。しかし、この地域ではすでに生徒の社会・職場見学など町会長さんをはじめご協力いただいているので、地域教育協議会の皆さんと共に、全国ゆとり教育の実質一番をめざしたいと考え直しました。日本の教育が今、大きな曲がり角にきていることは事実です。時間数が減《へ》って学力低下を危惧《きぐ》する声もありますが、地域の人にも有《ゆう》償《しょう》無償で参加してもらえば教育活動の幅《はば》も広がるはずだし、そこから本当に生きる力が子どもたちについてゆくのではないでしょうか。私は、地域の中で子供が生き生きと暮らして育っていける、そんな学校をたくさんつくっていきたいと思います。そのためには、教育委員会に入って、さらに勉強するのもいいかと考えました」

「賛成！　やってください、先生！」

「やってみるべきだ。私も手伝う、金八っつぁん」

たくさんの応援の声があがる様子を千田校長は苦々《にがにが》しく眺めながら言い放った。

「授業時間が減れば学力は下がる。地域の協力といっても、学習塾にどう太刀《た ち》打ちできると思ってるんですかね」

金八先生も千田校長の言い分に負けるわけにはいかない。

「やる気のない子は親に尻《しり》たたかれて塾へ行っても、受験対策だけで学力は身につかない。けど、意欲のある子は勝手に勉強します。われわれはその意欲をかきたてるのですよ」

「どっちにしても、行事を減らすのは反対！」

四月からの千田校長のしめつけを見越してか、遠藤先生と花子先生が牽制《けんせい》の声をあげる。

「行事は自分で作ればいい。いえ、作れる子を育てるんです。だから有償《ゆうしょう》無償の助っ人《すけ と》がみんなで子どもを育てるんです。教育補助員の若い希望者だっていくらでもいるではありませんか。人間をつくるために、子どものために、金は惜しむべきではありません」

長い教師生活をへて、なお教育の理想をきわめようとする金八先生の言葉だった。

「坂本先生、寂《さび》しくなるけれど頑張ってください」

「どんなことでも教育委員会と現場とは二人三脚《に にんさんきゃく》です」

別れを惜しみつつ、エールを送る同僚の数かずの言葉を聞いて、金八先生の視界は涙に曇《くも》るのだった。健次郎たちも、心を決めたという金八先生の気持ちを尊重しようとして、胸がしめつけられる寂しさをこらえていた。

「あの、うちの子、高校生になっても相談に乗ってもらえるんですか」

チューの母親が心配そうにそっと金八先生にたずねた。

「同じ町に住んでるんじゃありませんか。それに、チューは幾つになっても私の教え子です。なあ、健次郎」

「はいっ」

健次郎の胸に、すべての教え子の胸に、金八先生の言葉は暖かく染《し》み込んでいく。直と政則は、自分たちと一緒にスタートラインに立つという担任の顔を、熱いまなざしで見つめた。

金八先生の教育委員会での任期は三年だという。

「大丈夫ですよ。留守《るす》中、校長先生とは折り合いが悪いことがあっても、私も管理職です。しっかり補佐《ほさ》して学校に帰っていらっしゃるのを待っていますから。ね、校長先生」

国井教頭の言葉に、校長はしぶしぶだがうなずいた。

「ま、そういうことです」

「よろしくお願いします」

金八先生はあらためて頭を下げた。直たちは、一刻《いっこく》も早く皆に報告しようと、会議室から駆けだしていった。

それから間もなくして、中断していた卒業式が続行《ぞっこう》された。保護者席には健次郎たちも列席して、金八先生の最後かもしれない晴れ姿を、幸作の代わりに目にやきつけた。直は、再び壇上に上がると、校長に一礼し、くるりと皆の方へ向き直り、頭を高くあげて話しはじめた。

「まずはじめに、大事な式典を混乱させたことをおわびします。申しわけありませんでした。けれど、教育長さんはじめ諸先生方、地域の方々、ケアセンター、そして保護者の方々と先輩卒業生、皆々様のおかげで大きな誤解が解《と》けました。僕は改めて話し合いの大切さを学びました。すばらしい結果だったとうかがっております」

遠藤先生が盛大《せいだい》な拍手をし、それに全員が和《わ》した。

「卒業生一同、話し合いの大切さをしっかりと胸に刻《きざ》み、今日この桜中学を巣立って行きます。私自身マイノリティーであることを堂々と受け入れて生きて行くこと、生命の不思議さ複雑さを学んで、自分の命も他者の命も大切にいとおしんで生きることを誓います。マイノリティーは僕だけではない、さまざまな人がいるけれど、相手の命をいとおしむこと、それが愛であると教わりました」

金八先生は胸がいっぱいになりながら、直を見つめていた。相手の命をいとおしむことが愛である、と最後の授業で教えた。けれど、〝自分になろう〟としてもがく直という生徒に、はかりしれないものを教えてもらったように思う。

「そして在校生の皆さん、僕たちの誓いを受けついでください。僕に生きる勇気を与えてくれた坂本先生の姿は、四月から桜中学にはありません。けれど、毎日の学習の中で、もっと身近にいらっしゃることを感じられると思います。それは、乾《いぬい》先生はじめ諸先生方が君たちを守り育てるということでは同じ考えでいらっしゃるからです。その先生方を信じてください。僕が桜中学卒業生の一人になれたことは、その先生方のおかげなのですから。僕は桜中学に転校してきて本当によかった……」

北先生も、乾先生、本田先生も涙ぐんでいた。抑《おさ》えていた感情があふれ出て、直の頬《ほお》に幾筋も涙が伝《つた》っていく。直は三Bたちとしっかりと視線を結びあった。

「僕を受け入れてくれてありがとう。先輩から受けついだように、このすばらしい桜中学を、感謝と誇りを持って君たちに託《たく》します。ありがとう」

ふるえる声をおさえて最後まで言い終えると、直はもう一度きちんと、金八先生と、教師たちに向かった。

「ほんとうにありがとうございました。平成十三年度卒業生代表、鶴本 直」

大きな拍手が会場をつつんだ。

後半のプログラムもつつがなく進められ、感動のうちに卒業式は終わった。卒業生は退場、起立の号令《ごうれい》で、声をそろえて再び教師たちに、それから保護者たちに礼を言った。どの目にも涙が光っていた。

教室に戻ると、三Bたちは抱き合って泣いたり、笑ったりしながら、卒業をかみしめた。皆が直の勇気と迫力ある答辞《とうじ》に驚いていた。

「やっぱ、直は男の子だと思った。私だったら、立ち往生《おうじょう》して泣き出してた」

美保が感心していい、直はくすぐったそうに笑った。

「だから、かえって思ってたことぶちまけられたのさ、な」

充宏《みつひろ》が直に親しみをこめて目配《めくば》せする。精神的に解放された充宏の言葉使いは、いつのまにかふつうの少年のものになっていた。
がらりとドアのあく音で、みなの目はいっせいに、入り口を見る。式服の金八先生はあっという間に生徒たちにもみくちゃにされた。

翌日、三Bの教室には教師たちやケアセンターの人々も招かれて、盛大《せいだい》なお別れ会が長い時間をかけて催《もよお》された。金八先生は三B立志《りっし》式であずかっていた三十の志《こころざし》を、暖かい門出《かどで》の言葉とともに、それぞれの手に返した。それは、三Bたちにとって本当の卒業証書だった。しめっぽい涙の別れはいやだから、とかねてからの約束どおり、お別れ会は阿《あ》波《わ》踊りでしめくくられた。それでも、三Bたちは別れを惜しんでおおいに泣いたのだった。

数日後、金八先生は荷物をまとめるために一人で学校へやってきた。休みの日で、学校はがらんとしていた。職員室で持ち物をすべて風呂敷《ふろしき》に包み、金八先生は今やからっぽの、慣《な》れ親《した》しんだ自分の机にしばらくの間、手をおいていた。それから乾《いぬい》先生、北先生、国井教頭、うるさかった遠藤先生や元気な花子先生らの机をそれぞれ目におさめ、胸の中で別れを告げた。

階段を上がると、ふだんは聞こえない自分の足音が思いがけず大きくひびいた。三階まで上がり、左に曲がる。目をつぶっても、三Bのドアの前でぴたりととまることができる。そして、実際に目を閉《と》じれば、教え子たちの笑い声、歓声《かんせい》の入り混《ま》じった学校の音が耳によみがえる。金八先生は、抱《かか》えてきた荷物を下に置き、いつものようにがらりと教室の戸をあけた。

「はい、学級委員、起立ーっ、礼」

がたがたと机の音をたてながら、皆があわてて席につく。

金八先生は誰もいない教室で授業をはじめた。

「今日は、希望について話し合いましょう。希望とは、生きていく力です。希望とは、明日を夢見ることです。明日があれば、私たちは生きていくことができる。明日を信じればこそ、私たちはここまで生きてくることができました。希望とは、生きる力のことです……いいか、忘れるなよ」

教室を見回しても、返事はない。空《から》の机が整然と並んでいるばかりだ。金八先生はため息をひとつつき、それから、いつもと同じしっかりした足どりで教室を出た。

うす暗い校舎から外に出ると、日の光に一瞬目がくらんだ。この門の外に、自分を待っている新しい仕事がある。金八先生は、三Bたちが巣立って行ったばかりの校門へ、まっすぐに歩いて行った。

あとがき

二〇〇二年は午年《うまどし》で七十二歳の年女《としおんな》、まさに気力・体力を振り絞《しぼ》って「三年B組金八先生」パートⅥを書き上げると、その翌々日、私は先に出発した仲間の学生諸君を追って日本を発《た》ち、カンボジアの三月活動に参加しました。あの国の三月、四月は本当に暑いのです。

現地スタッフの奮闘で建設のなった六校を無事に贈呈《ぞうてい》すると、去年からの取材や執筆の疲れを引きずってボーッとなっていた思考力に、ピッと電流が走ったのは、最終回の放送日に東京からかかってきた電話のひと言でした。

当日のトップニュースに、ある競艇《きょうてい》選手が「性同一性障害」をカムアウトされたという知らせです。

一般にはその存在があまり理解されないまま、この人たちがどれほど悩んでいたことでしょう。

自分が本来の自分になるための勇気に、私もまた勇気を与えられた思いがしました。セクシャル・マイノリティーを扱いつつ、とかく異質とされがちな少数派の人とも、同じ人としての尊厳を共に守ろう。その思いを世界に拡《ひろ》げて、貧困に苦しむ人々とも、同時代を生きる者として共に歩んでいきたいと願って、毎週毎週、ペンを走らせ続けたのでした。

そしてその映像を活字にして残すために、高文研の梅田正己、金子さとみ両氏に励まされ助けられて二十三年目、ついにシリーズ二十二集まで刊行することになったこと、多くの方々に読んでいただけていることに心から感謝しております。

「金八先生」を書くことと「JHP学校をつくる会」の若い仲間と海外に出かけて行くことは、私の中では一つのことになって、新しいパワーをもたらしてくれるのです。勉強がしたいのだと待っていてくれるカンボジアの子供たちの輝く瞳《ひとみ》が、私に生きる実感を与えてくれます。

帰国したらば、二〇〇二年の教育改革はすでにすべり出していました。生きる力を学ぶ「ゆとり教育」と「学力低下」を危《あや》ぶむ声は、これからさらに拮抗《きっこう》していくことでしょう。

当事者である子どもも親も教師も、一人ひとりが自分の問題として考え、どのように社会へフィードバックしていくか、それも身の回りだけでなく視野を地球規模に広げていかなければ、環境問題など人類の存続にかかわる問題も解決できない時代に突入していっているという実感が強くなっています。

それを血肉化して理解することが、「基礎学力」の土台にすえられなくてはならないと思います。本書で取り上げた問題が、親と子、教師と生徒の間で話し合われたら、作者として望外《ぼうがい》の歓《よろこ》びです。

次を書き出す日までしばらく筆を休めますが、応援してくださった皆さまに、改めてお礼を申し上げます。ありがとうございました。

二〇〇二年　四月

小山内　美江子

3年B組金八先生スタッフ＝キャスト

◆スタッフ

原作・脚本	小山内美江子
音楽	城之内　ミサ
プロデューサー	柳井　　満
演出	福澤　克雄
	三城　真一
	加藤　　新
	生野　慈朗

主題歌「まっすぐの唄」：作詞・武田鉄矢／作曲・中牟田俊男／編曲・原田末秋／唄・海援隊

制作著作──TBS

◆キャスト

坂本　金八	武田　鉄矢	大森巡査	鈴木　正幸
〃　乙女	星野　真里	安井病院長	柴　　俊夫
〃　幸作	佐野　泰臣	和田教育長	長谷川哲夫
千田校長	木場　勝己	道政　利行	山本　正義
国井美代子（教頭）	茅島　成美	〃　明子	大川　明子
乾　友彦（数学）	森田　順平	鶴本　成美	りりィ
北　尚明（社会）	金田　明夫	信太　浩造	松澤　一之
遠藤　達也（理科）	山崎銀之丞	町代	金　久美子
小田切　誠（英語）	深江　卓次	妙子	ひがし由貴
渡辺　花子（家庭）	小西　美帆	エリカ	中村侑希子
本田　知美（養護）	高畑　淳子	立石　良明	利重　剛
小林　昌義（数学）	黒川　恭佑	倉田　正子	伊藤麻里也
ジュリア(AET)	サリマタ・ビビ・バ	安井ちはる（元３Ｂ）	岡　あゆみ
池内　友子	吉行　和子	兼末健次郎（元３Ｂ）	風間　俊介

◆放送

ＴＢＳテレビ系　2002年３月７日、14日（21時～21時54分）
21日（21時～22時54分）、28日（21時～23時24分）

●高文研ホームページ・アドレス
http://www.koubunken.co.jp
●ＴＢＳ・金八先生ホームページ・アドレス
http://www.tbs.co.jp/kinpachi

3年B組
金八先生 荒野に立つ虹

◆2002年５月１日――――――――第１刷発行

著者／小山内美江子《おさないみえこ》

出版コーディネート／ＴＢＳ事業局メディア事業センター
カバー・本文写真／ＴＢＳ提供
装丁／商業デザインセンター・松田礼一

発行所／株式会社 高文研
〒101-0064 東京都千代田区猿楽町2-1-8
☎ 03-3295-3415 Fax 03-3295-3417
振替 00160-6-18956

組版／高文研電算室
印刷・製本／三省堂印刷株式会社

豊かな高校生活・高校教育の創造のために

高校生おもしろ白書
『考える高校生』編集部＝編　900円
高校生が作った川柳200句と、身近のケッサク小話116編。笑いで綴る現代高校生の自画像。〈マンガ・芝岡友衛〉

高校生活ってなんだ
金子さとみ著　950円
演劇や影絵劇に熱中し、遠足や修学旅行を変え、校則改正に取り組んで、その高校時代を全力で生きた高校生たちのドラマ。

高校生が答える同世代の悩み
高文研編集部＝編　950円
大人なら答えに窮する難問も、同じ悩みを悩んだ体験をテコにズバズバ回答。質問も回答も率直大胆な異色の悩み相談。

高校が「泥棒天国」ってホントですか？
高文研編集部＝著　1,100円
校内の盗難、授業中のガム、いじめ、体罰問題など、高校生自身の意見で実態を明らかにし、問題発生の構造をさぐる。

学校はだれのもの!?
広中建次・金子さとみ著　1,400円
高校生の自主活動を押しつぶすのは誰か。兵庫・尼崎東、京都・桂、埼玉・所沢高校生徒たちの戦いを詳細に描く！

若い市民のためのパンセ
梅田正己著　1,200円
いじめ、暴力、校内言論の不自由から、戦争、ナショナリズムの問題まで、高校生の目の高さで解説、物の見方を伝える。

17歳 アメリカ留学・私の場合
丸山未来子著　1,000円
コトバの問題から友達さがし、悲鳴をあげたアメリカ式の食生活まで、洗いざらいホンネで語った高校留学体験記。

進路 わたしはこう決めた
高文研＝編著　1,200円
進路選択は高校生にとって最大の課題。迷い、悩みつつ自分の進路を選びとっていった高校生・OBたちの体験記。

学校はどちらって聞かないで
青年劇場＋高文研＝編著　1,000円
なんで学校によって差別するの？『翼をください』の舞台に寄せられた高校生たちの痛切な声と、演じる役者たちの共感。

あかね色の空を見たよ
●5年間の不登校から立ち上がって
堂野博之著　1,300円
小5から中3まで不登校の不安と鬱屈を独特の詩と絵で表現、のち定時制高校に入り、希望を取り戻すまでを綴った詩画集。

文化祭企画読本
高文研＝編　1,200円
愉快なアイデア、夢をひろげる演出、見る人にアピールする表現——全国各地の取り組み全てを写真入りで紹介！

続・文化祭企画読本
高文研＝編　1,200円
空き缶で作る壁画、アイデア勝負の企画、巨大な構造物…。全国の取り組み62本を、より写真を中心に紹介！

続々文化祭企画読本
高文研＝編　1,600円
前2冊の取り組みをさらに発展させた力作、新しい着想で、新しい素材でを使った企画など約80本の取り組みを紹介。

新・文化祭企画読本
高文研＝編　1,700円
好評の企画読本第四弾！四階の校舎の窓まで届く巨大恐竜、落ち葉で描いたモナリザなど、最新の取り組み79本を収録。

修学旅行企画読本
高文研＝編　1,600円
北海道への旅、わらび座への旅、広島・長崎への旅、沖縄への旅、韓国・台湾への旅…感動的な修学旅行のための企画案内。

★価格はすべて本体価格です（このほかに別途、消費税が加算されます）。

高文研のフォト・ドキュメント

セミパラチンスク
✷草原の民・核汚染の50年
森住　卓　写真・文
一九四九年より四〇年間に四六七回もの核実験が行われた旧ソ連セミパラチンスクに残された恐るべき放射能汚染の実態！
●168頁　■2，000円

六ヶ所村
✷核燃基地のある村と人々
島田　恵　写真・文
ウラン濃縮工場、放射性廃棄物施設、使用済み核燃料再処理工場と、核にねらわれた六ケ所村の15年を記録した労作！
●168頁　■2，000円

韓国のヒロシマ
✷韓国に生きる被爆者は、いま
鈴木賢士　写真・文
広島・長崎で被爆し、今も韓国に生きる韓国人被爆者は約一万人。苦難の道のりを歩んできた韓国人被爆者の姿に迫る！
●160頁　■1，800円

これが沖縄の米軍だ
✷基地の島に生きる人々
国吉和夫・石川真生・長元朝浩
沖縄の米軍を追い続けてきた二人の写真家と一人の新聞記者が、基地・沖縄の厳しく複雑な現実をカメラとペンで伝える。
●221頁　■2，000円

沖縄海上ヘリ基地
✷拒否と誘致に揺れる町
石川真生　写真・文
突然のヘリ基地建設案を、過疎の町の人々はどう受けとめ、悩み、行動したか。現地に移り住んで記録した人間ドラマ！
●235頁　■2，000円

増補版　石垣島・白保サンゴの海
✷残された奇跡のサンゴ礁
小橋川共男　写真／目崎茂和　文
琉球列島のサンゴ礁の中で唯一残った〝海のオアシス〟の姿、海と共生する人々の暮らしを紹介。サンゴ礁研究者が解説。
●140頁　■2，600円

沖縄海は泣いている
✷「赤土汚染」とサンゴの海
吉嶺全二　写真・文
沖縄の海に潜って四〇年のダイバーが、長年の海中〝定点観測〟をもとに、サンゴの海壊滅の実態と原因を明らかにする。
●128頁　■2，800円

沖縄やんばる亜熱帯の森
✷この世界の宝をこわすな
平良克之　写真／伊藤嘉昭　解説
ヤンバルクイナやノグチゲラが危ない！　沖縄本島やんばるの自然破壊の実情と貴重な生物の実態を写真と解説で伝える。
●140頁　■2，800円

★サイズは全てＡ５判。表示価格は本体価格です（このほかに別途、消費税が加算されます）。